प्रेम का पहला कोण

कहानी संग्रह

प्रेम का पहला कोण

अजय कुमार मिश्र 'अजयश्री'

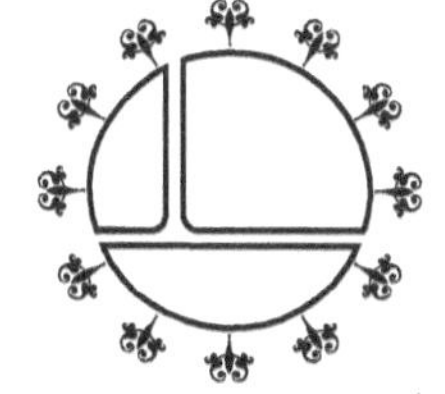

अंजुमन प्रकाशन

इलाहाबाद

ISBN 978-93-86027-76-4

प्रेम का पहला कोण (कहानी संग्रह)
© : अजय कुमार मिश्र 'अजयश्री'

प्रकाशक :

अंजुमन प्रकाशन

942, मुठ्ठीगंज, इलाहाबाद-3 उत्तर प्रदेश, भारत
website -anjumanpublication.com
E-mail : contact@anjumanpublication.com

आवरण व कम्प्यूटर कम्पोजिंग : श्री कम्प्यूटर्स
संस्करण : प्रथम, नवम्बर 2017

आदरणीय माता–पिता
श्रीमती गायत्री देवी एवं श्री बागेश्वरी प्रसाद मिश्र

तथा मेरी जीवन संगिनी
आभा के त्याग और अपरिमित प्रेम को सादर समर्पित

शुभाशंसा

हमारे जीवन के आसपास बिखरी, अकृत्रिम, निरंतर स्पंदित-सी कहानियाँ लिखते हैं अजय श्री। अधिकतर कहानियाँ बगैर किसी भूमिका के, बगैर किसी लाग-लपेट के, कब शुरू होती हैं और कब ख़त्म हो जाती हैं, पता ही नहीं चलता। कथा प्रवाह इतना सहज एवं वेगवान है कि रोचकता प्रायः आदि से अंत तक बनी रही है।

कहानी संग्रह 'प्रेम का पहला कोण' में पहली कहानी 'क्या नाम दूँ' सबसे लम्बी है। इसकी विशेषता - संवाद बहुलता के साथ जीवन के क्षिप्रता के साथ आने वाले अनेक अप्रत्याशित मोड़ हैं, जिन्हें आधुनिक जीवन की दृष्टि से हम असंगत भी नहीं कह सकते। भाषा इस कहानी की शक्ति है - पूर्णतः पात्रानुकूल। संग्रह की शेष कहानियाँ आकार में छोटी होते हुए भी मन पर अपना प्रभाव छोड़ती हैं। कहानी 'मेवालाल' चौंकाने वाली और मार्मिक है। सभी पन्द्रह कहानियाँ वैविध्यपूर्ण हैं।

लेखक अमर्यादा के मध्य मर्यादा तलाशता दिखता है। उसके पात्र भटकते भी हैं और शीघ्र ही सँभल भी जाते हैं। संस्कारों से मुक्ति यहाँ संभव नहीं। रिश्ते-नातों के मध्य छद्म भी अजय श्री बख़ूबी उजागर करते हैं। उनकी कहानी 'सिंदूर वाला डिब्बा' इन अर्थों में एक विशिष्ट कहानी है।

कथाकार अजय कुमार मिश्र 'अजय श्री' की भाषा बहुत स्वाभाविक है। आधुनिक जीवन में प्रचलित अंग्रेजी के शब्दों को वह कथा प्रवाह में हिन्दी के साथ-साथ यथास्थान प्रयोग करने में संकोच नहीं करते। यही कारण है कि उनकी एक कहानी का शीर्षक ही है - 'डीप हग'। सोशल मीडिया ने सामान्य जीवन में हस्तक्षेप कर जीवनशैली को काफी कुछ बदल दिया है। उसका असर परिवारों पर

नकारात्मक और सकारात्मक दोनों ही तरह का दिखाई देता है। उक्त कहानी इसे विस्तार से व्यक्त करती है। इसी तरह एक दिलचस्प कहानीह है - 'खानदानी अटैची'। इसके वर्णन में लेखक अपनी पूरी रौ में दिखता है। कहानी 'भौगड़ा' बेहद पूज्नीय है। संग्रह की एक कहानी 'बिआह-बी.ए.' देशज भाषा में पूर्णतः संवादों के माध्यम से कही गई है। बीच-बीच में यदि खड़ी बोली में वर्णन अंश भी होते तो कहानी सभी के लिए पठनीय हो जाती। लेखक के इस व्यामोह के बावजूद कथ्य में उक्त कहानी बहुत सशक्त है।

अपनी कथा कहने की शैली में अजय श्री पाठकों को बहुत आश्वस्त करते हैं। मेरी समस्त शुभकामनाएँ।

26.10.2017   - सुधाकर अदीब

                                              लखनऊ (उ0प्र0)

परिवेश की समग्रता को रचतीं कहानियाँ

अनुभव और कल्पना के संयोग से रची गयी, अजय कुमार मिश्र 'अजयश्री' की कहानियों का संग्रह है, 'प्रेम का पहला कोण'। लेखक, पूर्वी उत्तर प्रदेश के एक गाँव के मिश्र परिवार के, अनेक चीनी मिलों के कुशल प्रबंधक श्री बागीश्वरी मिश्र के ज्येष्ठ पुत्र हैं। बागीश्वरी जी स्वयं हिंदी एवं भोजपुरी के कुशल कवि हैं। भोजपुरी के आचार्य कवि स्व0 धरीक्षण मिश्र का सान्निध्य भी इस परिवार को मिलता रहा है। अजय श्री का बचपन बड़े अफ़सर के घर के ठाटबाट और रोबदाब वाले माहौल में बीता है। गाँव के तीन चार पीढ़ियों के संयुक्त परिवार के अविस्मरणीय अनुभव की पूँजी, 'खानदानी अटैची', 'इसे क्या नाम दूँ', 'अंतःमिलन (डीप हग) और 'सिन्दूर वाला डिब्बा' जैसी कहानियों में लेखक के बहुत काम आई है।

एक ही कहानी में एक ओर लिव इन रिलेशनशिप में रहने वाली उद्दाम भोग-लालसा में जीने वाली मानसी है, तो सास-ससुर के सामने घूँघट में रहने वाली किरन है। हालात ऐसे बनते हैं कि दोनों आमने-सामने आ खड़ी होती हैं। एक का पति, और दूसरी की देह को वर्षों तक भोगने वाला युवक आदर्श। गाँव में भूंकप में घर गिर जाने से उसकी पत्नी किरन, माँ बनने के अयोग्य होकर बच गयी। सास-ससुर को पौत्र का सुख देने के लिए सेरोगेट मदर बनने का याचना मानसी से कर रही है। आदर्श के मुँह से यह प्रस्ताव सुनकर मानसी बिफर पड़ती है - *"तुमने कैसे सोच लिया, कि तुम्हारी यह बात मैं मान लूँगी? जब तक चाहा ऐश किया और जब जी चाहा चले गये।"* मानसी की प्रतिक्रिया का, और किरन के मनोभावों और उसकी देहदशा का कहानीकार ने प्रभावशाली चित्रण किया है।

उस समय आदर्श, किरन के साथ लौट जाता है। रातभर जागने

के बाद मानसी आदर्श को फोन करती है। उधर से किरन की आवाज सुनकर कहती है,- *"मैं तैयार हूँ, पर मेरी दो शर्तें हैं; उस बच्चे पर मेरा भी अधिकार होगा, और टेस्ट ट्यूब की जगह फिजिकल रिलेशन बनाऊँगी।'* किरन और आदर्श की सहर्ष सहमति के साथ कहानी पूरी हो जाती है। ऐसे पौत्र को स्वीकार करने से आतंकित ससुर, पंडित जटाशंकर मिश्र और उनकी पत्नी से किरन के जीवंत संवाद के माध्यम से अपने पाठक को अजय श्री रूढ़ि मुक्ति की सुखद परिणति तक ले जाते हैं।

'प्रेम का पहला कोण' कहानी, फेसबुक पर नाम बदलकर चैट करते हुए स्त्री-पुरुष के प्रेम की कथा है। स्त्री बॉस है, पुरुष उसका मातहत। अफसर सुंदरी, आधी रात तक फेसबुक पर चैट करती है। मातहत उसके सौन्दर्य पर मुग्ध है। सुंदरी, फेसबुक पर प्रश्न करती है, प्रेम का पहला कोण क्या है? उन दोनों को एक दूसरे की असलियत का पता नहीं होना चाहिए, लेकिन एक ही ऑफिस में साथ-साथ काम करता हुए पुरुष, फेसबुक की बातों को दिल में छिपाए रखने को मजबूर है। एक दिन उसकी फाइल देखकर मैडम भड़क जाती हैं,- ''आजकल काम में आपका मन नहीं लगता; सोशल मीडिया, फेसबुक, कुछ ज्यादा ही असर कर गया है आपके दिमाग पर... ले जाइए फाइल।'' पुरुष की मानसिक प्रतिक्रिया है, - *'आप इस लायक छोड़ें तब न! ग्यारह बारह बजे रात तक खुद बैठी रहती हैं फेसबुक पर... पोस्ट करती हैं, चैटिंग करती हैं; पागल बना के छोड़ दिया है।'* आदतन ''जी मैडम!'' कहकर, हारे हुए जुआरी की तरह बाहर आ जाता है। उसी रात उसकी पत्नी अंतरंग क्षणों में उसे बोध करा देती है कि प्रेम का पहला कोण है स्वार्थ।

पत्नी के अनुभूत यथार्थ को पुरुष, दार्शनिक स्तर पर कहानी में रखता है, - *'आत्मा को सुख चाहिए- प्रेम उसका एक मात्र माध्यम है, और उसकी अनुभूति आत्मा की तृप्ति है, इसलिए प्रेम का पहला कोण स्वार्थ है; जो अपने हित के लिए कल्पनाओं, भावनाओं और एहसास की दुनिया बुनता है। उस बुने गये जाल में, त्याग-समर्पण का दाना*

डालकर प्रेमरूपी पंछी को फँसाकर मानसिक और शारीरिक संबंध के द्वारा आनंद और परमानंद की प्राप्ति करता है।'

प्रेम को शरीर तक सीमित मानकर ही अपनी सारी स्थापनाएँ करता हुआ पुरुष, पत्नी की तेजस्विता के समक्ष क्या सिद्ध होता है? पत्नी, प्रेम-प्यार की ज़्यादा बातें करते पति से कहती है, ''*जब गधे को सींग निकलने लगे, तो हैरानी होती है।*''

अधिकांश कहानियों में विवाहेतर संबंध आते हैं, और स्त्रियाँ अधिक समर्थ व्यक्तित्व के साथ उभरती हैं। एक और विशेषता है, कि प्रेमिका और पत्नी, में से हर कहानी की पत्नी, प्रेमिका की तुलना में श्रेष्ठ बनती जाती है; यह लेखक के पारिवारिक परिवेश का प्रभाव है।

अनेक कहानियों में लेखक का, ग्रामीण और नागरिक जीवन स्पष्ट रूप से झाँकता हुआ दिख जाता है। एक कहानी, 'स्वाभिमान की चेतना' लेखक की आत्मकथा का एक अंश है। कुछ कहानियाँ कथ्य की मार्मिकता के बावजूद लेखक का पूरा ध्यान न पाने के कारण कहीं-कहीं निष्प्रभ होकर रह गयी हैं; तथापि, अजय श्री की कहानियों में आज के व्यस्त मध्यवर्गीय पाठक की रुचि अनुकूल बहुत कुछ मिल जाता है; यही विशेषता कहानियों की लोकप्रियता का रहस्य है।

आशा की जा सकती है कि अपनी सरकारी व्यस्तता के बीच भी लेखक, और अधिक लोकप्रिय कहानियों की रचना करेंगे।

रामदेव शुक्ल
शीतल सुयश राप्ती चौक,
गोरखपुर-273003

अपनी बात

सुधीजनों! अपनी बात कहना थोड़ा मुश्किल होता है। संशय बना रहता है कि कहीं बहुत उपदेशात्मक बातें न हो जायें कि पढ़ने वाले को लगे कि मात्र आत्म-प्रशंसा है, परन्तु ये सच है कि जो पुस्तक आप के हाथ में है, वो मेरे जीवन के वो पल हैं, जो मुझसे और मेरे कहानी के पात्रों से जीवन संवाद करते हैं। कुछ काल्पनिक पात्रों के साथ आज की तिथि में सजीव चरित्रों ने जो मुझे लेखन के लिए आत्मबल दिया, उसके लिए मैं उनका हृदय से आभारी हूँ।

'प्रेम का पहला कोण', मात्र कहानी संग्रह नहीं, अपितु हर कहानी एक पूरा जीवन है। प्रत्येक कहानी प्रेम के हर उस कोण पर आधारित है, जो जीवन को सार्थक करने के साथ अध्यात्म के उस कोण को भी दर्शाता है, जो लौकिक/अलौकिक जीवन का आधार है।

सुख-दुःख के पाटों में फँसा इंसान, प्रेम की सुहानी फुहार पा कर सुखी धरती सा तृप्त हो जाता है। मानस पटल को सुकून देने वाली प्यार की निर्मल नदी, विशाल सागर के मिलन के लिए उत्सुक, जीवन के थपेड़ों को सहर्ष स्वीकार कर, निर्बाध रूप से अविरल बहती रहती है। ऐसी ही कुछ घटनाओं को प्रस्तुत करता है ये कहानी संग्रह... 'प्रेम का पहला कोण'। आप के सुझाव एवं प्रशंसा का स्वागत है।

19-10-2017   **- अजय कुमार मिश्र 'अजयश्री'**

अनुक्रम

क्या नाम दूँ...!

''आखिर तुमने मुझे समझ क्या रखा है! आज पाँच साल तक साथ रहने के बाद तुम कह रहे हो कि मैं तुम्हारे लायक नहीं हूँ... इन पाँच सालों में शायद ही कोई दिन ऐसा हो जब तुमने मुझे इस छत के नीचे मेरी कोरी सफेद चादर पर धब्बे न दिये हो। एक, दो तीन, चार, पाँच... गिनती कम पड़ जायेगी, पर तुम्हारी हवस की सिलवटें इस चादर पर आज भी दिखती हैं। और तुम कहते हो मैं तुम्हारी पत्नी बनने के काबिल नहीं हूँ।''

''क्या नहीं किया मैंने इस लिव इन रिलेशन में तुम्हें पाने के लिए... हाउ डेयर यू... आखिर तुम थे क्या! सिम्पली एक पोस्ट ग्रेजुएट, जो नौकरी के लिए मारा-मारा फिर रहा था, जिसे ठीक से बात करने की तमीज़ नहीं थी। अंग्रेजी तो छोड़ो, हिन्दी भी ठीक से

नहीं बोल पाते थे तुम। कैसे खड़े थे तुम इंटरव्यू वाले दिन मेरे सामने; वही तुम्हारी असली औकात थी... पर वाह, क्या कमाल के एक्टर हो तुम; तुम्हें तो फिल्मों में काम करना चाहिए। धोखा खा गई तुम्हारी भोली सूरत और इमोशनल बातों से। मुझे क्या मालूम था इस भोली सूरत के पीछे एक शातिर दिमाग वाला भेड़िया छुपा है, जो मौका मिलते ही किसी मेमने का शिकार कर लेगा।''

''और तुमने क्या किया; मुझे मात्र अपनी तरक्की की सीढ़ी बना कर आगे बढ़ गये। अच्छा होता मैं तुम्हारा असली चेहरा उस दिन देख पाती। दो कपड़ों में लेकर आई थी; तुम्हें तुम्हारी बेबसी और लाचारी देखकर इस महानगर के अपने खुद के घर में...। मैंने सोचा, चलो गाँव का सीधा-साधा लड़का है, कहाँ मारा-मारा फिरेगा, हमारी ही कम्पनी में काम करता है, सो रख लिया पेइंग गेस्ट। आखिर मैं भी तो नई आई थी कभी इस शहर में। अपना दुःख समझकर जगह दी तुम्हें, पर तुमने क्या किया; आज मेरे ही घर में मुझे गेस्ट की हैसियत में ला दिया।''

''बहुत हो गया मानसी अब चुप रहो!' चीख पड़ा आदर्श। हाँ माना कि तुमने मुझे नौकरी दी, रहने को घर दिया; पर प्यार का फैसला तुम्हारा था सिर्फ तुम्हारा। मैंने कभी नहीं कहा तुम मुझसे प्यार करो, और कह भी नहीं सकता क्योंकि मैं शादी शुदा हूँ...।'

''... क्या, तुम शादीशुदा हो!'' मानसी चौंक गयी... ''ओ माई गॉड... '' उसका मुँह खुला का खुला रह गया।

''हाँ हाँ, मैं शादीशुदा हूँ। पर तुमने कभी बताने का मौका दिया! न ही कभी मेरे बारे में जानने की कोशिश की। तुम्हारे पास तो इन फालतू कामों के लिए वक्त ही नहीं है। क्या करता तुम्हारे एक तरफा प्यार के आगे, जिसे अपनी बात के आगे कुछ भी सुनना

गवारा नहीं।''

''याद है न वह दिन, जब तुमने मुझसे पहली बार फिजिकल रिलेशन बनाया था। मैंने कितनी बार कोशिश की तुम्हें समझाने की, पर तुम कुछ सुनना ही नहीं चाहती थीं। अप्रैल का फर्स्ट वीक था; तुम जी.एम. एडमिनिस्ट्रेशन के साथ आयी थी मेरे केबिन में... सारे स्टाफ के सामने उन्होंने बधाई दी, कि मेरी वजह से इस साल ढाई परसेंट की एक्स्ट्रा ग्रोथ हुई है। सबके बधाई देने के बाद तुमने धीरे से कहा कि पार्टी तो बनती है... जिसे सबने सुन लिया। फिर क्या... रात दस बजे जो कॉकटेल पार्टी शुरू हुई...''

* * *

जैसे-जैसे रात अपने शबाब पर पहुँचती गयी, लोगों के पैग बढ़ते गये। *'बलम पिचकारी...'* से लेकर *'रात सैंया ने मुझको ताना दिया...'* रैप पर सब थिरकते रहे। अन्त में होटल के मैनेजर ने आकर कहा, सर हम पहले ही बहुत लेट हो चुके हैं, अब पार्टी समाप्त कीजिए, वैसे भी लगभग सारे मेहमान जा चुके हैं।

''डोंट वरी, मैं कुछ करता हूँ...'' आदर्श ने समझते हुए कहा।

''बस बहुत हो गया मैम, अब चलें! सब चले गये।''

''व्हॉट.. सब चले गये...'' अपनी अर्धनिद्रा से जागते हुए मानसी ने आदर्श से पूछा।

''हाँ मैम सब चले गये, अब हमें भी चलना चाहिए।''

''ओ.के... बस ये लास्ट पैग फिनिश कर लूँ तो चलती हूँ।'' और मानसी ने एक साँस में आधी ग्लास रेड वाइन गटक ली। ''ओ नो इस रेड वाइन ने तो वोदका का सारा नशा बेकार कर दिया।''

''अब चलते हैं मैम ... प्लीज!... ''

''आफकोर्स, माई लिटिल बेबी।''

''नो मैम... मी आदर्श!''

''आई नो, यू आर आदर्श... माई बेबी... !'' मानसी ने न जाने क्यों हँसते हुए फिर बेबी कह दिया। इस बार आदर्श थोड़ा झुँझला उठा...

''बस अब हमें चलना होगा, सब लोग देख रहे हैं।''

''अच्छा ओ.के. बॉय... गुडनाईट एवरीबडी... !'' और आदर्श के कंधे पर हाथ डालकर गुनगुनाने लगी। *'मुझको यारों माफ करना मैं नशे में हूँ।'*

किसी तरह आदर्श मानसी को सँभालते हुए पोर्टिको में लगी गाड़ी तक लाया। पीछे की सीट पर बैठाने के लिए जैसे ही उसने दरवाजा खोला। मानसी बोल पड़ी -''गाड़ी मैं ड्राइव करूँगी।''

''नहीं मैम, आप बहुत नशे में हैं।''

''डोंटवरी, वो नशा ही क्या जो होश में रहने दे... मैं बिल्कुल ठीक हूँ; तुम आओ आगे की सीठ पर बैठ जाओ, फिर देखो मैं कैसे गाड़ी चलाती हूँ।''

डरते हुए आदर्श बैठ गया। ''पर मैम धीरे चलाइयेगा, रात का समय है।'

''लगता है मेरा बच्चा डर गया!''

''नहीं मैम ऐसी बात नहीं है!' खुद को सँभालते हुए आदर्श बोला।''

फर्र की आवाज के साथ गाड़ी मेन रोड पर आ गयी। बाहर

निकलकर गाड़ी जैसे ही इण्डिया गेट के सामने वाली सड़क पर आई, सामने से आती हुई बाइक से टकराते हुए बची। बाइक वाला हड़बड़ाहट में गिरते-गिरते बचा। मानसी उसे फ्लाइंग किस देते हुए आगे बढ़ गई। आदर्श अपने को रोक नहीं सका। हैण्ड ब्रेक खींचते हुए उसने जोर से डाँटा...

''क्या करती हैं आप!'' गाड़ी तेज आवाज के साथ रुक गयी। गाड़ी रुकते ही वह झट से उतरकर ड्राइविंग डोर की तरफ आया, दरवाजा खेलते हुए बोला ''आप बाहर आइए, और उधर वाली सीट पर जाकर बैठिए।''

इस बार मानसी कुछ बोल न सकी। बस मुस्कुराती हुई उतर गई। पकड़ते हुए आदर्श ने दूसरी तरफ बैठाते हुए सीट बेल्ट लगा दी, और खुद गाड़ी चलाते हुए साउथ एक्सटेंशन के मल्टीफ्लेक्स एन्कलेव में आया। गाड़ी पार्क करने के बाद थर्ड फ्लोर के अपने अपार्टमेन्ट में पहुँचा। चाभी निकालकर दरवाजा खोला। लाइट ऑन की। दरवाजा बंद करने के बाद मानसी को उसके कमरे में छोड़ने के पश्चात अपने कमरे में जाने लगा।

तभी मानसी ने उसका हाथ पकड़कर उसे रुकने को कहा। ''कहाँ जा रहा है मेरा बच्चा..?''

''मैम बहुत रात हो चुकी है; कुछ देर में सुबह होने वाली है... सो लीजिए ऑफिस भी जाना है।''

''कमाल करते हो तुम भी; जब सुबह ही होने वाली है तो सोने से क्या फायदा, चलो हम जगते हैं!''

''नहीं, मैं अपने कमरे में चलता हूँ; सुबह से काम करते-करते थक गया हूँ।''

''अभी से थक गये; अभी तो बहुत काम करने हैं लाइफ में।''

''मेरा मतलब ये नहीं... हमें थोड़ा आराम कर लेना चाहिए... मैम''

''ये क्या मैम-मैम लगा रखा है... मानसी बोलो... तुम्हारे लिए मैं सिर्फ मानसी... माई चिकू-चिकू लवली बेबी... '' और इसी के साथ मानसी ने आदर्श को अपनी बाँहों में भर लिया।

''ये क्या कर रही हैं आप, होश में आइये, प्लीज मैम...

''शटअप... डोंटक्राई... इटस माई ऑर्डर, मी मानसी अरोरा योर डी.जी.एम पर्सनल।''

''आई नो वेरी वेल... प्लीज... आप समझने की कोशिश कीजिए... मैं... नहीं सोच सकता... आप नहीं जानती मैं शादी...

''व्हाट रबिश... मैं अभी शादी नहीं सुहागरात की बात कर रही हूँ...'' चीख पड़ी मानसी। चुपचाप खड़ा रहा आदर्श... थोड़ी देर कमरे में खामोशी छायी रही।

''मेरा बच्चा, मेरा बेबी... जानू नाराज हो गया... सॉरी-सॉरी क्या करूँ मैं... तुमसे जो इश्क करने लगी हूँ... वह शेर है न ... *इश्क ने गालिब हमको निकम्मा बना दिया, वरना हम भी थे आदमी काम के*... आई एम इन लव... विद यू। तुम भी सोच रहे होगे कि ३८ ईयर ओल्ड मानसी को, जो तुमसे चार साल बड़ी है, उसे आज लव कैसे हो गया। जिसे मर्दों से नफरत है... जिसने अपने फिआन्से को घर से धक्के मारकर निकाल दिया, उसे आज तुमसे कैसे प्यार हो गया। ... क्या करूँ दिल के हाथों मजबूर हो गयी... तुम यूपी और बिहार के मर्दों में स्..या..ला गजब की सेक्स अपील होती है, यहाँ तक कि तुम्हारे कल्चर, इनोसेन्स में भी एक अपील होती है जो

तुम्हें तुम्हारी जड़ों से बाँधें रहती है। यही डेडिकेशन, मेरे प्रति वफादारी, साथ रहते हुए भी कभी कातिल निगाहों से नहीं देखा... क्यूँ बेबी नहीं देखा न...।

आदर्श अभी कुछ सोचता उससे पहले मानसी ने उसे अपनी बाँहों में भर लिया... ''कम ऑन बेबी हेल्प मी... हग मी।''

आदर्श कुछ न कर सका, चाह कर भी उसकी बाँहों से खुद को नहीं छुड़ा पाया। मानसी ने कब अपनी शर्ट ट्राउजर बाहर निकाली और आदर्श का ट्राउजर कब नीचे सरक गया पता ही नहीं चला। ऊँगलियाँ हरकत कर रही थीं, तभी आदर्श चीखा

''मैम ... !''

''नो बेबी, मैंने कहा न... नो मैम, केवल मानसी... बोलेगा न मेरा बच्चा।''

इस *बच्चा* में उसकी चीख कहीं खो गयी, उसे पता ही नहीं चला। चिल्ड ए.सी. में भी उसे गर्मी लग रही थी। तभी लाइट चली गयी। फ्रिज में रखी बर्फ पिघलने लगी। जब तक लाइट आती, पानी फैल चुका था। ...

* * *

''क्या करता मैं तुम्हारी जिद के आगे। सोचा, चलो वक्त आयेगा तो देखा जायेगा... वैसे भी पूरी कम्पनी में ये फेमस है कि तुमको मर्दों से सख्त नफरत है। ...

''नहीं! ये झूठ है; मुझे मर्द नहीं उनकी गंदी सोच से नफरत है और फिर तुम्हारे जैसा मर्द अब तक मिला भी नहीं था, जो मेरी फीलिंग, इमोशंस को समझ सके।

* * *

सूरज आज भी अपने समय और जगह पर था, बस दिन बदल गया। पं. जटाशंकर मिश्र की टन-टन घण्टी की आवाज के साथ बाबू टोला चिरगोड़ा में रोज सुबह की तरह *त्र्यंबकम् यजा महे...* महामृत्युंजय मंत्र का जाप सुनाई दे रहा था।

पूजा खत्म करने के बाद दालान में रखी चौकी पर बैठते हुए पं. जटाशंकर मिश्र ने आवाज लगाई ''परदेसिया...!''

''जी मालिक आया'' कहते हुए आवाज सुनते ही सब काम छोड़कर उनका नौकर परदेसी दौड़ पड़ा।

पहले से रखे गुड़ को खाकर लोटे से पानी पीने के बाद पं. जटाशंकर मिश्र ने पूछा... ''कहा हैं तुम्हारे छोटे मालिक ..?''

''उ अपने कमरे में हैं। बता रहे थे सांझ की टरेन है, दिल्ली जाना है।''

''अभी भूत उतरा नहीं उनका; बड़का शहर में जा रहे हैं। जाओ कहो उनसे बुला रहे हैं हम।''

''जी'' कहते हुए चला गया परदेसिया बुलाने।

''काहे गला फाड़ रहे हैं!' चौखट की आड़ से पंडिताइन बोलीं ''अब लइका नहीं रहा अपना आदर्श; सयान हो गया, उसका बिआह हो गया है... बात-बात पर डाँटना, बोलना ठीक नहीं है।''

''काहे नहीं ठीक है... सब काम अपने मन का करेगा! अरे जब हमने कह दिया कि शहर में जाने की कौनो जरूरत नहीं, तो काहे नहीं मान लेता हमारी बात? फिर यहाँ का काम-धाम, खेती-बारी कौन देखेगा? अब हमारी भी उम्र हो रही है, कहाँ-कहाँ दौड़-भाग

करूँगा।’’

‘‘बाबू जी मैंने आप से पहले भी कहा और आज फिर कहता हूँ; मुझे नहीं करना आप का यह सब काम। आप को नहीं मालूम जिस कम्पनी में मुझे इंटरव्यू के लिए बुलाया गया है, वह देश के सबसे बड़े उद्योगपति की कम्पनी है... लोगों को मौका नहीं मिलता; मुझे मिला है तो मैं इसे गँवाना नहीं चाहता।’’

‘‘इसका मतलब कि तू अपने बाप-दादा का पुश्तैनी काम-धंधा छोड़कर किसी बनिया की चाकरी करेगा, जो उसके बदले तुम्हारे हाथ पर हर महीना कुछ हजार रुपया डाल देगा; अरे मूरख, इहाँ तू मालिक है, और उहाँ तू नौकर... समझा!’’

‘‘पर बाबू जी, का मिला आज तक आप को ई धंधा-पानी कर के! लोगों की दुश्मनी और बड़े भैया की मौत।... नहीं बाबू जी नहीं; नहीं हो सकेगा हमसे ई ठेका-पाटी...’’

‘‘अरे का दोष था बड़के भैया का; यही न कि जिला कलेक्टर ऑफिस का ठेका उनके नाम हो गया था; पर नाहीं ठीक लगी ई बात बिरझन को; घेर लिया उनको डवरपार में ही। जैसे नाव में बैठने के लिए रेता में उतरे, लाल हो गया था राप्ती का पानी। का हुआ? आज तक जाँच हो रही है। चार में से तीन तो शक-सुबहा में छूट गये; रहा एक, तो वो भी छूट ही जायेगा। नहीं छूटा तो लड़ते रहिए बीसों साल मुकदमा। पूरी जिन्दगी कट जायेगी... अम्मा कह दे बाबू जी से, मत रोकें हमके, जाये दें।’’

‘‘अरे हम कहीं भाग थोड़े जात बानी; घर हमार इहे हवे... तू ही बताव इके कैसे छोड़ देब..!’’

‘‘ठीक बा बाबू जा तू, परेशान मत होख... हम समझाइब तोहरे

बाबू जी के।'' पं.जटाशंकर मिश्र कुछ बोल न सके। खून के आँसू पी कर रह गये।

* * *

''आदर्श हैव ए कॉफी?'' नेहा ने उसके सामने टेबल पर कॉफी रखते हुए कहा।

''यस, वाय नॉट!'' अपनी तन्द्रा तोड़ते हुए आदर्श बोल पड़ा।

''कहाँ खो गये थे?''

''कुछ नहीं, बस घर की बातें याद आ गयी।'' कॉफी सिप करते हुए बोला आदर्श।

''आज कुछ खिंचे-खिंचे लग रहे हो, क्या बात है..? तबीयत तो ठीक है..?''

''हाँ बिलकुल ठीक है।'' आदर्श ने अपने को सँभालते हुए कहा ''और तुम बताओ आज इतनी जल्दी फ्री कैसे हो गयी?''

''क्यों, मैं फ्री नहीं हो सकती..?''

''नहीं, ये पीक ऑवर होता है काम का...।''

''हाँ, ठीक कहा तुमने... एक्चुली बात ये है कि आज मानसी मैम ऑफिस नहीं आयी हैं।''

''क्या...'' आदर्श चौंक पड़ा।

''उनका फोन आया था; तबीयत ठीक नहीं है, इसलिए आराम कर रही हैं।''

''तुम्हें नहीं मालूम क्या?'' नेहा ने प्रश्न किया।

‘‘हाँ मालूम है... वह घर के चक्कर में भूल गया।’’ बात सँभालते हुए बोला आदर्श।

तभी आफिस का इमरजेंसी अलार्म बज उठा...। अफरा-तफरी मच गयी। कोई समझ नहीं पाया...। बिना सोचे-समझे सब सीढ़ियों की ओर भागे कि बस किसी तरह बिल्डिंग से बाहर हो जायें।

सड़क पर पहुँचकर आदर्श ने राहत की साँस ली।

‘‘क्या हुआ आदर्श?’’ नेहा ने पूछा

‘‘तुमने महसूस नहीं किया? भूकम्प आया है।’’

‘‘हाँ लगता है भूकम्प ही आया है; मैं भी कहूँ कि मेरे पैर क्यों काँप रहे हैं।’’

‘‘मैं तो तभी समझ गया जब कॉफी पी रहा था। मैंने जैसे ही सिप करके कप रखा टेबल पर, कप हिलने लगा। पहले सोचा ऐसे ही हिल गया होगा, पर तभी अलार्म बजा, मैं हन्ड्रेड परसेंट कन्फर्म हो गया।’’

‘‘ओ माई गॉड, सारे लोग बाहर आ गये! ’’ नेहा चिल्ला पड़ी।

थोड़ी देर बाद जब होशो-हवास ठिकाने आये तो आदर्श को मानसी का ख्याल आया। तुरन्त उसने मोबाइल से नम्बर मिलाया। घण्टी बजकर बंद हो गयी पर मानसी ने फोन नहीं उठाया। आदर्श की बेचैनी बढ़ती जा रही थी। उसने फिर फोन मिलाया। इस बार उधर से फोन रिसीव हुआ।

‘‘हैलो कैसी हो तुम ठीक हो न... कहाँ हो तुम..?’’ एक साथ कई सवाल पूछ डाले आदर्श ने।

''आई एम फाइन! अपनी चिंता करो। क्यों क्या हुआ, बड़ी फिक्र हो गई तुम्हें.. कल रात इतनी चिन्ता की होती तो मेरी ये हालत न होती।''

''घर से बाहर निकलो... नीचे आ जाओ, अर्थक्वैक आया है।'' चीखा पड़ा आदर्श।

''हा हा हा...'' जोर से हँसते हुए मानसी ने कहा ''अच्छा, मेरे बच्चे को बड़ी चिंता है मेरी! अब तो मैं बिलकुल नहीं नीचे उतरूँगी।''

''मजाक छोड़..'' मगर मानसी ने बात पूरी होने के पहले ही कॉल डिसकनेक्ट कर दी।

आदर्श कुछ समझता और कॉल बैक करता, उससे पहले ही मोबाइल रिंग कर रहा था। रिसीव करते ही बिना सोचे आदर्श बोल पड़ा-''फोन क्यूँ काट दिया..?''

''हमने कहाँ काटा; बहुत देर के बाद तो अब मिला है।'' भारी -भरकम आवाज ने उधर से प्रश्न कर दिया।

''प्रणाम! '' आदर्श को समझते देर न लगी कि उधर बाबूजी हैं

''सदानन्द रहो, का हाल चाल है?''

''हुआँ सब ठीक तो है बाबू जी?''

''नाहीं! कुछ नाहीं ठीक है; अभी जो भुइँडोल आवा रहा, उमें घर के पिछुवारे वाला हिस्सा भरभराय के गिर गवा।''

''का..!! कौनो जान-माल का नुकसान तो नहीं हुआ..?''

''नाहीं हम तो दोगहा में थे, तुम्हारी माई कोला में; छोटकी दुलहिन अपने कमरा में... जब तक हल्ला हुआ तब तक सब तहस

नहस होय गवा। अभी चौखट के पासे थी तबै गिर पड़ा पिछला हिस्सा। सब टाँग टूँग के जल्दी-जल्दी शहर के अस्पताल ले आये हैं।''

''डॉक्टर कह रहे हैं होश में है, खतरा का कोई बात नहीं है भर पेट में गहरी चोट आयी है।'' आदर्श के होश उड़ गये। बोल नहीं सका कुछ। ''हैलो! बेटा का हुआ? तुम ठीक हो न? बोल काहे नहीं रहे हो?

''हाँ बाबू जी, यहाँ सब ठीक है।'' हिम्मत करके आदर्श बोला ''मैं आता हूँ।''

* * *

जल्दी-जल्दी सामान पैक करने के बाद आदर्श कमरे से निकलते हुए लिफ्ट तक पहुँचा ही होगा, तभी मानसी ने आवाज दी ''क्या दिल्ली छोड़ने का इरादा कर लिया..?'' एक पल को रुकने के बाद आदर्श ने कुछ कहना चाहा, पर ना जाने क्या सोचकर आगे बढ़ गया।

वैसे तो मानसी उसे रोकना नहीं चाहती थी, पर उसका, बिना जवाब दिए चले जाना उसे कुछ ठीक नहीं लगा। 'आखिर उसने मेरी बात का जवाब क्यों नहीं दिया? कल तक मेरे आगे-पीछे दुम हिलाने वाला, आज ऐसे अकड़कर चला गया...! आखिर मानसी की बेचैनी ने उसे नेहा को फोन करने पर मजबूर कर दिया। अनायास उँगलियाँ मोबाइल के की-बोर्ड पर चलने लगीं।

''हैलो, यस मैम''

आवाज सुनते ही मानसी ने प्रश्न किया-''एवरीथिंग इज फाईन? ऑफिस में सब ठीक है?

‘‘यस मैम’’

‘‘अच्छा जरा आदर्श को देना फोन।’’ मानसी ने अंजान बनते हुए कहा।

‘‘मैम वो तो यहाँ नहीं है।’’

‘‘वहाँ नहीं? क्या मतलब?’’

‘‘मैम उसके घर से फोन आया था। दोपहर में जो भूकम्प आया था, उसमें उसके गाँव में पुराना घर का एक हिस्सा गिर गया, जिसके कारण उसकी मिसेज को काफी चोट आयी है। घरवाले हॉस्पिटल लेकर गये हैं। ये सब सुनकर वो परेशान हो गया और लीव एप्लिकेशन देकर घर चला गया।’’

‘‘ओके, परेशान ना हो; जब तक आदर्श नहीं आता, तुम उसका वर्क मैनेज करो।’’ मानसी ने निर्देश देकर यह जताने की कोशिश की, कि वह अभी कुछ नहीं जानती।

‘‘यस मैम।’’ और मोबाइल कट गया।

* * *

‘‘माई, ई का हो गईल... बाबू जी त कहत रहले सब ठीक बा, खतरा के कौनो बात नाही... इहाँ त बाते कुछ अउर बा। किरन त अधमरल हालत में बेड पर पड़ल बाटे..। पेट से गोड़ ले सब कुचा गइल बा।’’ आदर्श रोनी सूरत में अम्मा से लिपटकर कह रहा था।

‘‘मत परेशान होख बाबू, सब ठीक हो जाई। डॉक्टर साहब कहत रहली धीरे-धीरे सुधार होई, घबरइला से ना कुछ होई।’’ पं जटाशंकर मिश्र सर पर हाथ रखते हुए बोल पड़े। ‘‘हम तुम्हरे मन की पीड़ा बुझत हई बाबू, हम मजबूर हई। अब उहे औघड़दानी भोले

भंडारी हमार लाज रखिहें।''

तभी नर्स ने आकर डाँटते हुए कहा ''चलिए बाहर, कितनी बार कहा आप लोगों से, पेशेन्ट के कमरे में बात मत कीजिए; यहाँ भीड़ मत लगाइये, पर आप लोग मानते ही नहीं। मैंने कहा था न, एक आदमी यहाँ रुकेगा, बाकी सब बाहर निकलिए... डॉक्टर साहब के आने का समय हो गया है, पंडिताइन उस अधेड़ उम्र की नर्स को घूरते बड़बड़ाते बाहर चली गईं। पंडित जी भी आदर्श को रुकने का इशारा करके बाहर निकल गये।

एक्सरे रिपोर्ट देखने के बाद डॉक्टर ने किरन से पैर धीरे-धीरे हिलाने को कहा। किरन कराहते हुए दोनों पैर की उँगलियाँ हिलाने की कोशिश करने लगी, पर दाहिने पैर को दो-चार बार से ज्यादा नहीं हिला पायी। ''गुड! बहुत बढ़िया।''

आदर्श की तरफ पलटते हुए डाक्टर ने कहा ''आप.. ?''

''जी मैं इनका पति।''

डॉक्टर आदर्श को लेकर बाहर आ गये और बोले -''देखिए, बायाँ पैर तो बच गया। दाहिने पैर में घुटने के नीचे फ्रैक्चर है, प्लास्टर करना होगा और सबसे अहम बात कि कमर के ऊपर पेट में काफी चोट आयी है। रिपोर्ट बताती है कि इनकी बच्चेदानी काफी डैमेज हो गई है... सही कहें तो बेकार हो गई है, शुक्र मनाइए, इतने बड़े एक्सीडेंट के बाद भी, सी इज लाइव।''

''कल एक रेग्युलर चेकअप करा लो और पैर में प्लास्टर दे दो!'' नर्स को निर्देश देने के बाद डॉक्टर चले गये।

आदर्श बस चुपचाप सुनता रह गया। कमरे में वापस जाने पर

किरन से नजरें मिलीं तो एहसास हुआ कि उसकी आँखों में आँसू हैं। लब थिरकते रहे, आँखें पूछ रही थीं-'कैसे हो तुम प्रियतम! ' धड़कन कह रही थी -'जब से तुम परदेसी हुए, स्मृतियाँ तुम्हें ही ढूँढ़ रही थीं... अभी-अभी तो सफर शुरू हुआ था। '

जैसे ही आदर्श ने किरन का हाथ थामा वो बिफर पड़ी ''जाओ नहीं बोलती तुमसे; बड़े हरजाई हो।'' दोनों एक दूसरे से लिपट गये।

* * *

''परदेसिया रे! परदेसिया!''

''का बात है, काहे सगरो दुआर कपारे पर उठवले बानी? परदेसिया आज नाहीं आइल बा।'' पंडिताइन झुँझला के बोल पड़ीं।

''कहाँ मर गइल? काहे न आइल?'' पं. जटाशंकर चिल्ला पड़े। ''येहू सारे क चर्बी ढेर चढ़ि गइल बा!''

''भुलैना के खर खइले बानी का...! जस-जस बूढ़ होत बानी राउर भुलैले क बीमारी बढ़त चल जात बा। अरे रउरही न कलिहा ओके छुट्टी दीहनी..! ओकरे नाती क मुडंन बा आज, नतिअउरे गइल होई।''

ओहो... आहो... ई का हो गइल बा आदर्श क माई; सचहूँ कुछ तबीयत ठीक नाहीं बुझाता।''

''हम बुझत बानी राउर चिन्ता... इ चिन्ता देखत बानी, ले डूबी रउरा के। हम कहत बानी जउन चीज अपने बस में नाहीं बा ओकरा बारे में सोचला से का फायदा।''

''ठीक कहत हउँ; आदर्श अपने मेहरारू के दिल्ली ले गइले;

का जाने का हाल-चाल होई!''

''सब ठीक होई; झूठे परेसान रहेली। अरे घूमे-खाये खेले दीं लइकन क दिन हवै।''

''पर अब हमार वंश त नाहीं आगे बढ़ी न आदर्श क माई!''

''अइसे मन थोर करत बानी... ओकरे जीनगी बाची गइल का कम बा! अ एगो बात बताई, जेकर सब कुछ ठीक रहते कोखी नाही भरेला का उ सब मरी जाला? अरे ढेर लइका मिलीह। एगो अच्छा देखी के लिखा- पढ़ी कइके गोद लिया जाई, अरे जेही के मान जान होखें उहे आपन हो जाई।''

''का कह ताड़ू तू! अब ई दिन आगइल बा कि पं. जटाशकंर मिश्र के खानदान का वंश अब दूसरा के खून आगे बढ़ाई? ना पंडिताईन ना! इ दिन देखला से पहिले हम आपन प्राण त्याग देब, पर अपना कुल पर दाग ना लागे देब।'' और खुद को रोक न सके तो टूट कर ईश्वर पर ही बिफर पड़े। ''हे भोलेनाथ, का हमरे जिनगी भर के तपस्या क इहे फल हवे..!''

अरे का करत हईं..? केहू देखी त का कही; काल तक शेर खान गरजे वाला आज सियारे खान फेकरत बा।''

''हम बरबाद हो गइली आदर्श क माई! नाती-पोता क सब सपना चूर हो गइल... वंशहीन हो गइली।''

''चुप रहीं। धीरज धरी, सब ठीक हो जाई। रउरही न कहीले - 'अन्हरीया केतनो गहीर होखे सूरुज क किरन परते भागि जाई। ' हमरा आदर्श के दुलहिन उहे किरन हई; जहीया चमकिहे सब अन्हरीया छटी जाई। चलीं, चलि के कुछ खा-पा लीं।''

* * *

दरवाजा खोलते ही सामने मानसी को आदर्श दिखाई पड़ा। आदर्श को देखते ही चिल्ला पड़ी -''आखिर लौट ही आये; मैं जानती थी तुम वहाँ टिक नहीं पाओगे; जिसने दिल्ली को जी लिया वो गाँव में नहीं रह पायेगा।'' बोलते हुए मानसी व्यंग्यात्मक लहजे में हँसी।

तभी उसकी नजर आदर्श के पीछे खड़ी स्त्री पर पड़ी, जो असहज भाव से मानसी को देख रही थी। मानसी कुछ बोलती, उससे पहले ही आदर्श बोल पड़ा-''मेरी पत्नी किरन! ''

मानसी तो बस शॉक्ड रह गयी, पर खुद को सँभालते हुए बोली-''अच्छा-अच्छा, तुम्हारी पत्नी... हाँ हाँ आओ। आओ किरन, बाहर क्यों खड़ी हो!''

आदर्श सामान लेकर अन्दर कमरे की ओर बढ़ गया तो किरन भी पीछे चल दी, पर मानसी उसे अपने साथ कमरे में ले गयी। ''तुम यहाँ आराम से बैठो, मैं तुम्हारे लिए कुछ लाती हूँ; क्या लोगी चाय, कॉफी, कोल्डड्रिंक?

''नहीं-नहीं आप परेशान मत होइए'' किरन बोली।

''इसमें परेशान होने की कोई बात नहीं है; मैं एक अच्छी चाय बनाकर लाती हूँ।'' बोलकर मानसी किचन की तरफ चली गयी।

किरन ने सामने कमरे से आदर्श को इशारे से बुलाया। पास बैठते आदर्श ने कहा-''परेशान मत हो; वह जो कर रही है उसे करने दो।'' तब तक मानसी चाय लेकर आ गयी।

''यह रही गरमा-गरम चाय! और बताओ किरन, तुम्हारी जर्नी कैसी रही?''

''सब ठीक ही रही'' किरन बोली

''और तुम्हारी तबियत!''

''तबियत भी ठीक है, दवाई चल रही है।''

''आई नो ... मैं समझ सकती हूँ। यह तुम्हारा ध्यान रखता है कि नहीं?'' आदर्श की तरफ, खा जाने वाली नजरों से देखते हुए किरन ने पूछा। ''वैसे थोड़ा लापरवाह इंसान है।'' मानसी खुद बोल पड़ी।

''नहीं-नहीं ऐसी कोई बात नहीं है; बहुत ध्यान रखते हैं हमारा'' पर अपनी शरमाने वाली हँसी छिपा नहीं पायी किरन।

''अरे वाह! क्या बात है!'' चुटकी लेते हुए मानसी ने कहा। ''अच्छा मुझे अभी ऑफिस के लिये निकलना है तैयार होती हूँ, तुम लोग भी फ्रेश हो लो।''

''तुम आज आफिस आ रहे हो न?'' मानसी ने आदर्श से प्रश्न किया।

''नहीं, आज नहीं, कल से आऊँगा; हाँ एक बात और बतानी है आपको; मैंने इस कॉलोनी के दूसरी बिल्डिंग में एक छोटा सा फ्लैट किराये पर ले लिया है, कल वहाँ शिफ्ट करना है।''

''लेकिन क्या जरूरत थी?'' मानसी बोलना चाहती थी पर बोल न सकी। दिल बैठता हुआ महसूस हुआ। झूठी हँसी हँसते हुए कहा। ''अब क्यों रहोगे हमारे घर में; तुम्हारी पत्नी जो साथ है... आखिर प्राइवेसी जो चाहिए।''

''ऐसी बात नहीं है'' किरन मानसी का हाथ पकड़ते हुए बोली ''ये बहुत तारीफ करते हैं आपकी; रास्ते भर आपकी ही चर्चा करते रहे।''

''रियली! आई कान्ट बिलीव! आदर्श ने मेरी तारीफ की! थैंक गॉड, मैंने तो कभी सोचा नहीं था कि मेरी भी कोई तारीफ करेगा! वो भी आदर्श!'' मानसी बोली।

''नहीं-नहीं, आप वाकई बहुत अच्छी हैं!'' आदर्श ने चुप्पी तोड़ी।

''इसीलिए हमें छोड़कर जा रहे हो?'' मानसी ने प्रशन किया और आदर्श निरुत्तर रह गया। बस उसके चेहरे पे कुछ भाव आये और चले गये, जिसे मानसी ने पढ़ लिया। अन्दर ही अन्दर उसका टूटा दिल रो रहा था, पर वो कैसे रोये, जिसे लोग एक सख्त महिला के रूप में जानते हैं; फिर उसकी पत्नी के सामने किरन...! एक आह निकलकर रह गयी। मानसी ऑफिस जाने का बहाना करके अपने कमरे में चली गयी और दरवाजा बन्द करते ही सिसक पड़ी। आँसुओं का सैलाब निकल पड़ा, पर आवाज नहीं आयी।

* * *

''सुनिए! अम्मा का फोन आया था, आज बहुत दिन बाद।'' आदर्श को ऑफिस से लौटे आधा घंटा हो चुका था, और अब खाने की मेज पर बैठ कर दोनों डिनर ले रहे थे तो किरन ने कहा।

''क्या कह रही थी माई?''

''कुछ खास नहीं! कह रही थीं वहाँ सब ठीक है। और सीधे तो नहीं पूछा पर पूछना चाहती थीं कि कुछ उम्मीद है कि नहीं? बड़ा शहर है, अच्छे डॉक्टर को दिखाया कि नहीं?''

''क्या कहा तुमने?''

''क्या कहती! आप भी मजाक कर रहे हैं। अगर मेरे बस में होता तो अब तक माँ बन जाती।'' बोल पड़ी किरन। एक बूँद आँखों

से टपक गयी, जिसे आदर्श ने देख लिया। उसे अपने हथेली पर रोकना तो चाहता था पर जाने क्यों हाथ बढ़ाकर पीछे कर लिया। शायद उसकी नियति में बह जाना ही लिखा था।

''आप कुछ कीजिए; जो भी तकलीफ होगी मैं सह लूँगी।''

''बात तकलीफ की नहीं है, पर कोई रास्ता भी तो हो; वरना दुनिया में कौन सी औरत होगी जो यह दर्द नहीं सहना चाहती।''

''सच कहते हैं आप; वह बहुत अभागी होगी जो यह दर्द न पाये... उसका नारीत्व और मातृत्व दोनों अपूर्ण रह जाते हैं।''

''तुम तो जानती हो तुम्हारी बच्चेदानी निकाली जा चुकी है! कोई कुछ भी कर ले तुम माँ नहीं बन सकती।''

हे मेरे ईश्वर! जाने कौना सा पाप किया था जो यह सब भुगत रही हूँ।''

''इसमें तुम्हारी कोई गलती नहीं है; क्यों खुद को कोसती हो, जो होनी को मंजूर था वह हुआ।''

''तो ठीक है, होनी को यह भी मंजूर करना पड़ेगा; आप दूसरी शादी कर लीजिए, मैं अम्मा बाबू जी का दुःख और नहीं देख सकती, उनकी आँखों में पल रहे सपने को कैसे मिटा दूं, जो हर पल उस खुशखबरी का इंतजार करते हैं कि तुम कब बाप बनोगे; और करें भी क्यों न! आखिर तुम्हारे सिवा कौन है उनका जो उनके वंश को वंशज दे सके, बुढ़ापे में बचपन का सुख लौटा दे। तुम्हें कुछ करना होगा!''

''तुम भी क्या बकवास करती हो; मैं नहीं कर सकता दूसरी शादी... मैं सिर्फ और सिर्फ तुमसे प्यार करता हूँ।''

''तो मैं कब कहती हूँ कि तुम मुझसे प्यार नहीं करते; उसी प्यार का वास्ता; मुझसे सचमुच प्यार करते हो तो अम्मा बाबूजी को बता दो और दूसरी शादी कर लो; वैसे तुम कोई नया काम नहीं करने जा रहे हो, सदियों से ये होता चला आ रहा है। क्या राजा दशरथ की तीन रानियाँ नहीं थीं और कृष्ण की तो कई लाख पटरानियाँ थीं। विज्ञान ने इतनी तरक्की कर ली है कि क्या नहीं हो सकता। आजकल तो किराये पर कोख मिल जाती है। शाहरुख-गौरी, किरण-आमिर के बेटे इसके वर्तमान उदाहरण हैं। या तो तुम शादी कर लो या फिर ... समझ गये मैं क्या कह रही हूँ?

आदर्श बस सुनता रहा... 'ठीक है कल डॉक्टर से मिलते हैं।'

* * *

डॉक्टर के क्लीनिक से निकलते ही आदर्श और किरन ने ऑटो पकड़ा। दोनों ने एक-दूसरे को देखा और सीधे मानसी के फ्लैट के सामने आकर उतर गये।

''आओ-आओ!'' सोफे पर बैठते मानसी ने किरन से कहा। ''बहुत दिनों बाद याद आई! आदर्श से ऑफिस में मुलाकात होती रहती है मगर तुम्हारी तो खबर ही नहीं मिलती, क्या बात है, बहुत सीरियस हो! कोई प्राब्लम?'' प्रश्न किया मानसी ने।

''नहीं, आज आपसे कुछ माँगने आई हूँ!' किरन बोल पड़ी।

सुनकर मानसी थोड़ा विचलित हुई पर बोली ''मैं क्या दे सकती हूँ तुम्हें?''

''मुझे जो चाहिए उसके लिए आपसे बेहतर कोई नहीं हो सकता मेरे लिए!''

आदर्श बोला ''क्या कह रही हो किरन!''

मानसी अभी कुछ कहती, उससे पहले ही बोल पड़ी किरन - ''एक बच्चा चाहिए हमें आपसे!''

''व्हॉट!'' चौंक पड़ी मानसी। ''व्हाट आर यू सेइंग? किरन तुम जानती हो क्या कह रही हो?'' दो मिनट को मानसी को लगा कि दुनिया उलट-पलट गयी। उसे कुछ समझ में नहीं आ रहा था।

किरन मानसी की मनःस्थिति समझ रही थी। उसने मानसी का हाथ पकड़ा और आँखों में आँखें डालकर बोली-''आप परेशान मत होइए। मैं सब जानती हूँ।' मानसी बस अवाक् रह गयी। आश्चर्य से किरन और आदर्श को देखती रही। उसे खुद पर विश्वास नहीं हो रहा था कि क्या सुन रही है।

''आप तो जानती हैं, मैं माँ नहीं बन सकती; अम्मा बाबू जी की अपेक्षाएँ कम नहीं हो रही हैं। हमने तो खुद को समझा लिया था पर उनको कौन समझाये! फिर हमने फैसला किया कि हम डॉक्टर से मिलकर सरोगेट मदर (किराये की कोख) की बात करेंगे। हम वहीं से आ रहे हैं डॉक्टर ने हमारी बात सुनी और तय हुआ कि कोई अपना जानने वाला हो तो इस काम में अधिक सुविधा होती है। मेरी नजर में आपसे ज्यादा अपना हमें कोई नहीं लगा। अगर आप कहेंगी तो जो खर्च आयेगा, उसके अलावा आपको उपहार स्वरूप भी कुछ देंगे।''

मानसी किरन की बातें सुन रही थी और निगाहें आदर्श को घूर रही थीं। नजर मिलते ही आदर्श बोला -''मैंने सारी बातें किरन को बताई है '' मानसी विचलित हुई।

''मैंने समझाया, यह नहीं हो सकता, पर अन्तिम निर्णय उसी का है।''

''हम बड़ी उम्मीद से आये हैं आपके पास, मना मत करिएगा! '' किरन बोल पड़ी।

आज मानसी की आँखों में पानी तैर गया। उस महिला की आँखों में पानी, जिसने कभी दूसरे के फैसले पर काम नहीं किया। दोनों को देखा मानसी ने, कहा -''कैसे सोच लिया तुमने कि मैं तुम्हारी यह बात मान लूँगी; क्या समझ रखा है, जब चाहा ऐश किया और जब जी चाहा चले गये! '' इतना सुनते ही किरन का रंग बदल गया।

आदर्श तो जानता था कि उसने जो किया है उसके बाद कोई औरत तैयार नहीं होगी, पर किरन की जिद के आगे बेबस था। आखिर हुआ वही जिसका डर था। किरन का चेहरा लाल हो गया। नजरें झुक गयीं। जी कर रहा था, धरती फटे और वह उसमें समा जाये।

आदर्श ने किरन को चलने का इशारा किया। दोनों चुपचाप उठे और चल दिये। मानसी दोनों के जाने के बाद चैन से सो न सकी। रात भर अतीत की यादें पिघलती रहीं।

* * *

नींद खुलते ही सूरज की किरणें उसके चेहरे पर महसूस हुईं जो सामने खिड़की से आ रही थीं। उठते ही वह समझ गया कि किरन उठ गयी है; तभी उसे पूजाघर से आती घण्टी की आवाज सुनाई दी। वो उठा, हाथ-मुँह धोकर चाय के इंतजार में बैठकर पेपर पढ़ने लगा। किरन अपनी और आदर्श की चाय रखते हुए बैठ गयी। ''आज बहुत जल्दी उठ गयी! '' आदर्श ने पूछा।

''हाँ, वैसे भी नींद कहाँ आई।''

तभी मोबाइल की घण्टी बजी। मानसी का नम्बर देखकर आदर्श ने किरन को बात करने के लिए कहा। किरन ने मोबाइल पर बात करने के साथ ही स्पीकर भी ऑन कर दिया।

''गुड मॉर्निंग!'' उधर से आवाज आयी।

''नमस्ते! कैसी हैं आप।'' किरन ने जवाब दिया

''मैं तैयार हूँ।'' बिना लाग लपेट के बोल पड़ी मानसी।'' सुनकर चौंक पड़ा आदर्श।

''क्या कहा आपने?'' किरन ने अविश्वास से पूछा।

''हाँ मैं तैयार हूँ।''

किरन ने फिर पूछा-''आप मजाक तो नहीं कर रहीं।''

''नहीं।'' इस बार थोड़ा गम्भीर थी मानसी। ''लेकिन मेरी दो शर्तें हैं।''

यह सुनकर किरन के माथे पर शिकन आ गई। ''मैं जानती हूँ कि मेरी बात आदर्श भी सुन रहा है। मेरी पहली शर्त है कि उस बच्चे पर मेरा भी अधिकार होगा। मैं सोरेगेट मदर नहीं बनूँगी, अस्पताल में आदर्श को मेरे पति के रूप में नाम देना होगा; और सबसे अहम दूसरी शर्त, टेस्टट्यूब की जगह फिजिकल रिलेशन बनाऊँगी।''

''हाँ हम तैयार हैं!'' किरन बोली ''आप नहीं जानतीं आपने हम पर कितना बड़ा उपकार किया है!'' आदर्श के मना करने पर भी किरन बोलती गयी।

''ओके बाय।'' और मोबाइल डिसकनेक्ट हो गया।

''यह क्या किया किरन तुमने! सब कुछ जानते हुए...।

''कोई गलती नहीं की मैंने... अगर तुम दूसरी शादी करते तो

क्या होता?''

नहीं बोल सका आदर्श!

''हाँ, अम्मा बाबू जी से घर चल कर एक सवाल जरूर पूछूँगी...!

* * *

''अरे कितना खाऊँ? खा-खा के फैलती जा रही हूँ।''

''बस एक और''

''बिल्कुल नहीं।'' हँसते-हँसते अचानक किरन खामोश हो गयी। उसे शान्त देखकर आदर्श के चेहरे से खुशी के भाव उड़ गये। किरन बोल पड़ी ''आदर्श! इस लड्डू की असली हकदार मानसी अरोड़ा हैं।''

यह नाम सुनकर आदर्श चौंक पड़ा। सन्नाटा छा गया। करीब दो मिनट बाद आदर्श ने खामोशी तोड़ी ''हमें चलना चाहिए; ट्रेन का समय होने वाला है।''

* * *

''बाबू जी!''

पण्डित जटाशंकर मिश्र आवाज सुनकर चौंक पड़े।

''बाबू के माई, देखा, दुलहिन का कहत हई।''

पण्डित जी ने पंडिताइन को देखते हुए इशारे से पूछा-''का दुलहिन, का कहल चाहत हऊ?''

''का तोहरा कौनौ एतराज बा... का तु नाहीं चाहत बाड़ू कि खानदान क वंश आगे बढ़े?'' प्रश्न किया पंडिताइन ने।

''नाहीं अम्मा जी, अइसन बात नाहीं बा; छोटा मुँह बड़ी बात होई, पर मन नाहीं मानत बा। मान लीं अम्मा जी, अगर हमरे जगह आपके बेटा और हमार पति के कुछ हो गइल रहत, जेकरे कारण ऊ ए लाइक नाहीं रहतन कि आपके वंश आगे बढ़े, त का आप लोग हमके वंश आगे बढ़ावे के खातिर दुसरे मरद के साथ...।''

''जबान के लगाम द दुलहिन!'' गरज पड़े पण्डित जी। ''तु सोच कइसे लेहलू; पण्डिताइन कह दो अपने पतोह से, ढेर दिमाग न चलावे नहीं त गजब हो जाई।''

''का दुलहिन, का उल्टा-पल्टा बोलत बाड़ू।''

''नाहीं आप बताईं, हर बार औरत ही काहे दोषी होले... आखिर हमार दोष का बा भगवान के घर से आपके घर ले ठीक-ठाक अइनी।''

''जाये द दुलहिन, विधाता के कुछ और मंजूर बा, नाहीं त तुहार ई हालत नाई होत... और ऊ मानसी आज बिना बिआहल महतारी नाहीं बनत।''

''ठीक कहत हैं अम्मा जी; चाहे किरन होखे चाहे मानसी, भुगतान औरत के ही करेक बा... मरद महान बनके किनारे बा! इतिहास गवाह बा, दशरथ नन्दन से ले के कुन्ती पुत्रों तक सब ऋषि मुनि और दैवीय शक्ति की उत्पत्ति हैं। घर खानदान, मरद के इज्जत बचावत रहि गइल औरत, और वंश त बढ़ल रघुकुल और पाण्डू के।''

''दुलहिन लौट जा अपना घर में, अब न सहात बा तुहार बात... साफ-साफ कहा, तु का चाहत बाड़ू? बाबू के साथ या तलाक?''

यह सुनते ही किरन की आँखें डबडबा गयीं। "ठीक कहत बानी... आखिर आ गयी सच्चाई आपके जुबान पे।"

"चुप करा दुलहिन! ससुर-भसुर के सामने ढेर नाहीं बोलल जाला; जा तु हम समझा देब।"

"का समझा देब अम्मा जी? अब कहाँ बा, ऊ जाति धरम के भेदभाव के बात, ऊ मानसी से, जे आप सब अपने वंश के खातिर ओकरे कोख में पल रहल खून के भी अपनावे के तैयार बानी।"

किरन की बातें सुनकर पण्डित जटाशंकर मिश्र को जैसे साँप सूँघ गया। मन किरन की बातें मानता, पर दिमाग मानने को तैयार नहीं। संस्कार, परम्परा, समाज के नाम पर अन्दर का मर्द जाग उठता; पर कहीं न कहीं सच्चाई मन मान चुका था। "बाबू के माई, कह द दुलहिन से परेशान मत होखे; हम समझत हई उनके मन क दुविधा। हमहूँ उनके बाप तुल्य बानी... का करी, महादेव के जौन मंजूर बा, होता। हम सब उनकरा आगे बिवस बानी।"

"बाबू जी, आप चिन्ता न करें; यही देश में सावित्री जइसन पत्नी अपने पति के खातिर यमराज से लड़ गइली और सीता जईसन पति के साथई बन-बन घुमली और बिना कारण त्याग दिहल गइनी, पर ऊँह न कइली। हमहूँ अपने खानदान के खातिर बिष पी लेब... नीलकण्ठ की तरह पर कण्ठ नीला नाही होई देब।"

"बस दुलहिन बस... मत कहा अइसन।" बिफर पड़े पण्डित जटाशंकर मिश्र।

सिन्दूर वाला डिब्बा

शहर से गाँव का रास्ता खराब होने के कारण पहुँचने में बहुत देरी हो गयी थी। दरवाजे पर पहुँचते ही मन अतीत में चला गया। दादी, उत्तर सिरहाना किये शान्त भाव में अपने चिर-परिचित अन्दाज में लेटी थीं। लग रहा था, बस अभी उठेंगी और पूछेंगी- ''का बबलू, भुला गइले अपना दादी के...।''

बबलू का बालमन ये देख बेचैन हो उठा; पर सब शांत-खामोश, कोई क्रंदन-रुदन नहीं। बस इंतज़ार था पंडित जी का, जो अंतिम विदाई की रस्म अदायगी करवा सकें। सिरहाने बैठी बड़की माई ने बगल वाली चाची को कुछ इशारा किया। चाची, दादी का पैर सहलाते हुए उनका बिछुआ, पायल, कान का कर्णफूल, झुमकी उतार चुकी थीं, साथ ही कमर में लटका चाभी का गुच्छा उतारकर

माई को देती हुई बोलीं-''बड़की ले, लेजा के ठीक से रख दे, नाहीं त आपाधापी में कहीं गायब हो जाई।''

माई, आँखों से जबरदस्ती आँसू निचोड़ते हुए बोलीं-''जाए वाला त चल गइल... अब येकर का मोल... बस निसानी रहि गइल अम्मा जी के...'' और निहारते हुए आँचल से आँसू पोंछते हुए अपने कमरे की तरफ चली गयीं।

तब तक पंडित जी आ गए। बाबू जी ने आदेशात्मक स्वर में कहा-''जल्दी कीजिए पंडित जी, वैसे ही बहुत देर हो गयी है।''

''जी, बस आप तैयारी कीजिए, हो गया।''

''मझीलू क्या हुआ बस आई या नहीं?'' बाबू जी ने पिताजी से प्रश्न किया।

''आ गई है, बाहर सड़क पर खड़ी है; छोटकू बता रहे थे लकड़ी और बाकी सामान पहले ही ट्रैक्टर-ट्राली से भेज दिया गया है।''

''चलो उसको भी बुला लो, क्रिया-कर्म का काम शुरू हो जाए; बबलू जाओ चाचा को बुला लाओ।''

बबलू चुपचाप चाचा को बुलाने बरामदा पार करके अन्दर घुसा ही था कि उसकी निगाह गौरी फुआ और बड़की माई पर पड़ी जो दादी के एक मात्र बक्से को बगल वाली चाची द्वारा दिए गए चाभी के गुच्छे से खोलकर उसमें से एक गोल सा डिब्बा निकाल रही थीं जिसके चारो ओर काफी सिन्दूर लगा था।

धीरे से डिब्बा खोलते हुए फुआ ने देखा और माई को देखते हुए बोली ''बा त सब गिन्नी; जल्दी ले जा के रखि द, एकरे पहिले कि केहू तोके देखे। सुन, चुपचाप ताला लगा के बक्सा में, चाभी

येही ध दीह, हम जात बानी बहरा; तू जल्दी आव, टिकती (अर्थी) उठे वाला बा।'' बबलू ये सब देखते अनजान बना चाचा को बुलाने चला गया।

बैंड बाजे वाले अपनी चिर-परिचित अंतिम विदाई धुन बजाने लगे। बाबू जी, पिता जी और चाचा सहित सभी लोगों ने भरी आँखों और द्रवित मन से दादी की बैकुण्ठ-यात्रा के लिए प्रस्थान किया।

* * *

दाह संस्कार के पश्चात सायं घर लौटने के बाद कुछ परिचित रिश्तेदारों के रुकने के बाद शेष सभी लोग अपने-अपने घर चले गए। घर में सभी शान्त भाव में बैठे थे। तभी गौरी फुआ आईं, जो शादी के बाद पति के मर जाने के कारण विधवा हो गयी थी। वो जो मायके आईं तो फिर ससुराल नहीं गयीं। घर में सबसे बड़ी होने के नाते सब उनका बड़ा सम्मान करते थे। वैसे भी वो दादी की एकमात्र प्रिय ननद अर्थात हमारे पिता जी की फुआ थीं। हम लोगों की क्या मजाल कि उनकी किसी बात को टाल सकें।

बाबू जी, चाचा और पिता जी की तरफ देखते हुए फुआ बोलीं-''काहे इतना मन छोट करत बाड़ जा; अरे देवता रहलीं; कब्बो नाहीं चाहत रहलीं की तुहन लोगन के कौनो कष्ट होखे। ए बड़की, जो तनी बिना दूध के चाय बना ले आ; दे दे लोगन के... मत गम कर जा... अरे उ त स्वर्ग चली गइलीं; पून्य आत्मा रहलीं।

''फुआ, कैसे भुला जाई!' पिता जी फफक पड़े।''

''सचहू अभी तुहार बचपना नाहीं गईल.. चुप रह! उन्हीं के आशीर्वाद से तीनों भाई के घर भरल-पुरल बा; कौनो कमी नहीं बा तुहन लोगन के। केहू मनेजर से कम बा। का चाही तोहन लोगन के।

जेतना रोअब उतनै उनके आत्मा के तकलीफ होई। खुशी-खुशी बाकी सब काम-क्रिया कर जा.. गाँव ज्वार के खिआव-पिआव जा, येही में उनके खुशी मिली। ल चाय पील जा, दुलहिन ले आइल बाड़ी। घर में भी सबसे कहि द कि सब आपन-आपन गटई तर क ले, बहुत रोअल-गावल हो जाला।

बड़की माई बोली-"हम तो कहत बानी कि सब लोग इकट्ठा बा; अम्मा जी के बक्सा सब के देखा दिहल जा। सबके सामने, सब देख ले, नाहीं तो बाद में सब लोग कहेंगे कि अम्मा जी के सब अतर-धन बड़की रख ली; हम अपना हाथ नहीं पकड़वाना चाहते हैं।"

"चुप करो पिंकी की माँ! तुम्हारा दिमाग खराब हो गया है? अभी माई की अर्थी घर से बाहर नाहीं गई, तुम उसके बक्से का बँटवारा चाहती हो; जाओ जा के अपना काम करो।   बाबू जी दाँत पीसते हुए बोले।

"नहीं बाबू, बड़की ठीक कह रही है; बगल वाली चाची बोलते हुए आकर बाबू जी के बगल में बैठ गई।"

"नहीं भाभी, ये सब ठीक नहीं है।" बाबू जी चाची से बोले।

"काहे नहीं ठीक है?" चाची फिर बोल पड़ीं "अरे इ तो अम्मा के आशीर्वाद है, प्रसाद है आप लोगन खातिर।"

"पर आज नहीं, फिर कभी।" पिता जी बोले।

"मझिला बाबू, जौन काम तुरंत हो जाला वो ठीक होता है, बाद में बात का बतंगड़ बन जाता है।"

"तुम अभी अन्दर नहीं गई!" माई को देखकर बाबू जी बोले।

माई रोते हुए बोली-''ज़िन्दगी भर दाँत पीसते, डराते रह गए... क्या हुआ? अरे भाई क्या करना है, जो भाभी कह रही है कर दीजिए मन को संतोष हो जायेगा।''

बाबू जी बोल पड़े- ''भाभी की तरह तुम्हारा भी दिमाग तो फिर नहीं गया है..?'' फिर चाचा बोल नहीं सके।

अभी आगे कोई कुछ बोलता, गौरी फुआ ने दादी का चार बाई दो फुट का नीला बक्सा जो अब काला ज्यादा हो गया था, लाकर सबके सामने रख दिया।

''क्या फुआ!'' बाबू जी बस इतना ही बोल पाए।

चाभी बगल वाली चाची को देते हुए बोलीं-''खोल के दिखा द सबके, घर के बरामदे के उस पार, परदे के पीछे खड़ी मझली, छोटकी को देखते हुए बोलीं-''तुम लोग भी बरामदे में आ जाओ, देख ल अपने सास का बक्सा।''

बक्सा खोलते ही दादी के सर से आने वाली घृतकुमारी तेल की सदाबहार खुशबू बाहर आई। सबकी निगाहें उस बक्से पर केन्द्रित थीं। गिनी चुनी साड़ियों के साथ लिपटी बाबा की फोटो के साथ अतीत की यादें बाहर आ गईं। साथ में आठ जोड़ी जनेऊ, एक फ्रेम लगा दादी बाबा के साथ बाबूजी, पिताजी, चाचाजी तथा उनकी बड़ी बहन की फोटो। धोती-कुर्ता शायद बाबा की अंतिम निशानी, जिसे देखकर सब भावुक हो गए। बाबूजी रोने लगे

तभी पारले जी के तीन चार पैकेट बिस्कुट के निकल आये, जिसे देखकर पिताजी बच्चों की तरह मचल उठे, क्योंकि वो जानते थे कि घर में एक वही थे जिन्हें पारले जी बिस्कुट बहुत पसंद था और जब वो अक्सर दादी से मिलने आते थे, वो उन्हें पानी पीने के लिए

निकाल कर देती थीं। सब खुद को कोस रहे थे कि कितना ध्यान देती थीं दादी सबका। पर वो उनकी भावनाओं को नहीं समझ पाते थे, झिड़क देते थे; आज उनके सामानों ने उनका एहसास कराया।

अंत में एक पोटली, जो लाल रंग के छोटे से टुकड़े में बँधी थी, पोटली निकालते हुए फुआ बोलीं-''देख ल सब लोग, देवता के धन दौलत'' और पोटली खोला तो उसमें उनकी दवाओं की स्ट्रिप्स और पर्चा था।

सब हक्का-बक्का रह गए, क्योंकि सबकी निगाहें मन की बात कह रही थीं। सबको लगा कि पोटली में जरूर सोना-चाँदी के जेवर होंगे; खास कर औरतों को, पर ऐसा कुछ न था।

''पर फुआ जी एक डिब्बा था, सिन्दूर लगा; एक बार अम्मा जी ने मुझे दिखाया था, वो नहीं दिख रहा।' चाची बोल पड़ीं।''

थोड़ा घबराते हुए फुआ जी खुद को सँभालते हुए बोलीं ''दुलहिन जौन बा तोहरे सामने बा।''

''नहीं फुआ जी, छोटकी ठीक कह रही है; अम्मा जी के बक्से में एक डिब्बा था, आखिर क्या हुआ?''

''हो सके अम्मा पहिले ही छोटकी के दे दीहले होखे; आखिर मानत रहली इनके।'' अम्माँ बोल पड़ीं।

ये सुनकर चाची भड़क गईं ''अपने जैसे समझ रही हो बड़ी भाभी?''

चुप कर, शर्म नाहीं आ रही है; यहीं सब लोग बैठे हैं।'' बगल वाली चाची बोल पड़ीं।

तभी बबलू बोल उठा-''ठीक कह रही हैं चाची और अम्मां;

बाबू जी मैंने देखा है वो डिब्बा!’’

सभी प्रश्नवाचक निगाहों से बबलू को देखते रहे। ‘‘हाँ मैं सच कह रहा हूँ।’’ इस बार बड़की माई थोड़ा सकपका गयीं।

जब मैं चाचा को बुलाने जा रहा था तभी गौरी फुआ वो सिन्दूर वाला डिब्बा दादी के बक्से से निकालकर बड़की माई को दे रही थीं और कहा कि ले जाकर ठीक से रख दो।’’

फुआ तो बस साड़ी से मुँह छिपाते हुए बोलीं-‘‘मरकिरवना! छटाँक भर के बा नाहीं, जाने कौन-कौन बात बनावत बा। जो भाग इहाँ से जाके बहरा खेल।’’

‘‘नहीं फुआ हम झूठ नहीं बोल रहे।’’ बबलू डरते हुए बोला।

‘‘त का हम झूठ बोलत हई?’’ इस बार फुआ तेज आवाज में बोलीं। ‘‘बड़की तुही बताव, का हम तोके कौनो डिब्बा निकार के दिहली?

‘‘नहीं फुआ जी, झूठ बोलत बा बबलू... समझ नहीं बा वोके; कौनो दूसर चीज देखले होई, वोही के कहत होई।’’

बबलू का मन समझ नहीं पा रहा था कि आखिर सच्चाई क्या है? जो उसने देखा या जो वो इस समय देख सुन रहा है। अपने पिता की आँखों में देखते हुए मासूमियत से बोल पड़ा-‘‘मैं झूठ नहीं बोल रहा हूँ।’’ उसके पिता बस उसकी आँखें देखते रहे, जो नम थीं और पूरे घर में खामोशी थी।

* * *

तभी पीछे से आवाज आई-‘‘बबलू तू कब आया?’’ पलटा तो देखा, बड़की माई कमर पर हाथ का सहारा दिए झुकी हुई खड़ीं थीं।

नज़रें मिलीं तो मैंने झुककर प्रणाम किया और अन्दर कमरे की तरफ चल दिया। दादी के जाने के बाद आज इतने सालों बाद भी सब कुछ लगभग वैसा ही था। बस दादी नहीं थीं। उनकी जगह अब बाबा के फोटो के बगल में एक फ्रेम में थी। लग रहा था, कह रही हों- ''बैइठ, पानी ले आवत हई...।''

डूबती किरन

किरन आज लाचार, बेबस अपनी आँखों के सामने सब कुछ देखने और सुनने को विवश थी। वह समझ चुकी थी कि अब कोई नहीं चाहता कि वह...।

दिलासा देने वालों पर वह चीख पड़ती, बिफर जाती। ''मत दो झूठी तसल्ली'' पर अपने दिल का दर्द किसी से कह नहीं पाती। कैसे कहे? किससे कहे? जो अपने थे वो पल में परायों से भी दूर चले गये थे।

कितना नाज था बाबू जी को अपनी बड़ी बेटी किरनिया पर। हाँ इसी नाम से बुलाते थे बाबू जी। माँ कहती है-''जब तू आयी तो तेरे बाबू जी के जीवन में और हमारे घर परिवार में रौशनी आई।''

मेरी हर खुशी बाबू जी के सर आँखों पर। अगर मैं कभी दुखी

और परेशान हुई तो लगा मानो बाबू जी के तो जैसे प्राण ही निकल जायेंगे। लगता कि तकलीफ मुझे नहीं उनको हुई हो। माना गरीबी हमारे कपड़ों की तरह हमारे साथ थी, फिर भी हम खुश थे।

चार बहनों और दो भाइयों में मेरे पहले सबसे बड़े भैया थे। भैया, जो भाभी को लेने उनके मायके गये तो फिर नहीं लौटे। कहते हैं कि भाभी से किसी बात पर अनबन हो गयी और उन्होंने जहर खा लिया, और सदा के लिए हमसे दूर हो गये।

विपत्तियों ने भी सोच लिया था कि उनके लिए ये घर महफूज है। अभी हम ठीक से भैया के गम को भुला भी नहीं पाये थे कि अचानक बरसात में एक दिन बाबूजी के पुराने मकान की छत, मौत बनकर रात में भरभराकर मेरी छोटी बेटी और सो रही बहनों के ऊपर गिर पड़ी। आसमान भी रो रहा था, हम भी रोये जा रहे थे। अम्मा तो दहाड़ें मारकर बेहोश हो गयीं। छोटकी मलबे में पड़ी-पड़ी कराह रही थी, तभी बिजली चली गयी। रात होने की वजह से कुछ दिखाई नहीं दे रहा था। आसमान था कि फटा जा रहा था। पास-पड़ोस के लोग इकट्ठा हो गये थे। तभी सायरन बजाते दमकल की गाड़ी आते हुए दिखायी दी। शायद किसी ने फोन करके बुलाया था।

गाड़ियों की लाइट में मलबा हटाने का काम शुरू हुआ। जैसे-जैसे मलबा हटता गया, बादल भी छँटने लगे और दूर कहीं भोर दिखाई दी। हल्की धुँधुलकी में छोटकी का आधा बदन पीठ के बल पड़ा दिखायी दिया। दमकल वालों ने उसे बाहर निकाला तो उसकी साँसें चल रही थीं, मगर वह उठने-बैठने के काबिल नहीं थी।

उसे जल्दी से पास के अस्पताल पहुँचाया गया। इधर सफाई चालू थी। बादल पूरी तरह साफ हो चुके थे। सूरज की लालिमा में मेरी तीन साल की फूल सी बच्ची और मेरी एक बहन हमेशा के

लिए चिरनिद्रा में सो चुके थे। एकदम शान्त; बस शरीर पर थोड़ी सी धूल पड़ी थी। एक आह निकलकर रह गयी।

उसने ऊपर देखा, मानो कह रही हो-‘‘क्या भगवान! कुछ तो रहम किया होता।’’ वह ठीक से देख भी नहीं पायी थी कि लोगों ने लाशों को अन्तिम बिदाई के लिए भेज दिया। उस दिन उसके अन्दर पहली बार कुछ टूट गया था; शायद जो उसका अपना था। बाबू जी के धैर्य और माँ के प्यार ने सहारा दिया।

उसके पति मृत्युंजय ने उसको अतीत से बाहर निकाला और अपने साथ घर लाया, लेकिन होनी को अभी कुछ और मंजूर था। ससुराल में, जैसा कि लगभग हर मध्यमवर्गीय परिवार में होता है; सास-बहू के ताने, पति से अनबन...। किरन और मृत्युंजय भी इससे बच नहीं सके।

* * *

मायके का गम और बेटी के जाने का दुख अभी कम नहीं हुआ था कि ससुराल में रोज-रोज की खिच-खिच ने किरन को हाइपर टेंशन की बीमारी उपहार में दे दी। डॉक्टर की सलाह के बावजूद वह पति और सास के गुस्से में दवाइयाँ नियमित नहीं कर पायी।

ब्लडप्रेशर और शुगर को साइलेंट किलर कहा गया है। क्या बच्चे, क्या जवान और बूढ़े; टेंसन लेने पर यह किसी को नहीं छोड़ता। फिर क्या... जिसका डर था वही हुआ... आज शादी के लगभग पन्द्रह सालों बाद किरन का शरीर फूलने लगा। चिड़चिड़ापन उसका स्वभाव बन गया। और एक दिन अचानक वह बेहोश हो गयी।

डाक्टरी परीक्षण और तमाम पैथालॉजिकल टेस्ट के बाद पता

चला कि उसकी दोनों किडनी खराब हो चुकी हैं। यह सुनते ही सबको साँप सूँघ गया। शहर के डाक्टरों ने जानकारी और सुविधा के अभाव मे पी.जी.आई. जाने के लिए कह दिया। किडनी की कार्य क्षमता मापने वाला लेवल अपनी सामान्य सीमा से 1.4 से बढ़कर पाँच तक पहुँच गया था। पी.जी.आई पहुँचने और सही वक्त पर ट्रीटमेन्ट न मिलने के कारण क्रिटनिन दिन प्रतिदिन बढ़ता ही जा रहा था। जब क्रिटनिन सात-आठ तक पहुँच गया तब शर्मा जी का चिकित्सीय परामर्श प्राप्त हुआ। निरीक्षण करने के पश्चात उन्होंने सान्त्वना दी और भर्ती कर लिया।

* * *

लगभग एक हफ्ते तक उनकी देखरेख में रहने के बाद क्रिटनिन कम होकर तीन-चार तक आ गया। सही चिकित्सा और डायलसिस ने अपना असर दिखाया। अब समस्या बीमारी के साथ आर्थिक ज्यादा हो गयी, क्योंकि इस बीमारी में सहानूभूति से अधिक पैसे की जरूरत होती है।

डायलसिस, मतलब रोगी के सारे खून को एक मशीन से साफ करना; जो काम किडनी करती है। ऊपर से दवाइयाँ, खान-पान, मरीज का रख-रखाव, सफाई और इन्फेकशन से बचाव, सब कुछ अर्थ से ही होना है, हमदर्दी बाद में आती है।

मृत्युंजय के सामने एक और चुनौती सुरसा की तरह खड़ी थी। प्राइवेट नौकरी में अब तक किसी तरह दो बच्चों की पढ़ाई-लिखाई और घर खर्च चल रहा था। बाप का साया उठ चुका था। माँ अपने ही धुन में रहने वाली। बेटे को दुश्मन और बहू को कभी अपना नहीं समझा। ले-दे के अब बाबूजी द्वारा छोड़ गये कुछ पैसे और हर महीने मिलने वाले पेंशन का ही सहारा था। डाक्टरों की सलाह के

बावजूद डायलसिस और दवाइयों में देरी होने लगी। देखते-देखते किरन कमजोर होती गयी।

सास ने कह दिया, मेरे बस की बात नहीं है, जैसा किया है वैसा भोग रही है; पहले भी मतलब नहीं था, आज भी नहीं है। मृत्युंजय भी मेरा नहीं रहा...। मुझसे नहीं होगा। थक हारकर मृत्युंजय ने किरन को अपनी ससुराल पहुँचाया। शुरूआत में माँ-बाप ने हिम्मत दिखाई, पर धीरे-धीरे रुपये-पैसे के मामले में पीछे हटते गये, क्योंकि वह चाहकर भी कुछ नहीं कर सकते थे। एक छोटी बेटी विकलांग, एक लड़का बेरोजगार कुँआरा, उस पर किरन और उसके दो बच्चे। इन हालात में नंगा क्या नहाये, क्या निचोड़े।

सामाजिक मर्यादा निभाने के लिए माँ-बाप ने घर में रख तो लिया, लेकिन हर हफ्ते लगने वाले आठ-नौ हजार रुपये का खर्च वहन नहीं कर पा रहे थे।

मृत्युंजय, माँ और पत्नी के बीच फँसा हुआ असहाय था। बीमारी ऐसी कि उसको सिर्फ समय पर उपचार और दवाइयाँ चाहिए, नहीं तो कब जिन्दगी की हवा निकाल दे पता नहीं। उसे कोई सरोकार नहीं कि आप गरीब हैं और आप के सारे अपने रिश्तेदार आप से किनारा कर चुके हैं, क्योंकि वो जानते हैं कि अगर चिपके रहे तो न जाने कब कोई रुपया पैसा माँग ले। अब जो डॉक्टरी सलाह महीने में लेनी थी उसमें भी लापरवाही होने लगी।

* * *

तभी एक दिन किरन ने जो अपने कानों से सुना वह खुद पर विश्वास न कर सकी। रात के नौ-दस का समय होगा। किरन अपने कमरे में लेटी छत को देख रही थी। दोनों बच्चे सो गये थे। बगल के कमरे से उसे आवाज सुनायी दी जो कि उसके अम्मा-बाबूजी और

उसके पति की थी। ''बाबूजी, अब किरन का किडनी ट्रांसप्लान्ट करवाना ही पड़ेगा। पी.जी.आई के डॉक्टर साहब कह रहे थे, अगर देर की गई तो पोजीशन क्रिटिकल हो जायेगी। अभी किरन जवान है, किडनी मिल जाये तो लाइफ बढ़ जायेगी। हाँ ऑपरेशन का खर्च लगभग पाँच-छह लाख आयेगा; अगर आप लोग छोटकी को एक किडनी दान देने के लिए कह दें तो किरन की जिन्दगी बच जायेगी और मेरे बच्चों का भविष्य बच जायेगा।''

''देखिये बाबू, माना कि किडनी के लिए हम मना लेंगे, पर वह भी हमारी ही बेटी है, भले ही अब विकलांग हो गयी है; चलिए एक बार मान भी लें तो पाँच-छह लाख और उसके बाद के खर्चे कहाँ से आयेंगे? न आप के पास हैं न हम लोगों के पास; अगर दो चार पैसा है तो और भी बच्चे हैं, उनके लिए भी तो कुछ चाहिए।'' बाबूजी की आँखों से आँसू निकल पड़े।

सच कहा है किसी ने; भगवान अगर लड़की दे तो धन-दौलत जरूर दे। सुनकर किरन का कलेजा फट गया। माँ-बाप की मजबूरी उसे अन्दर तक साल गयी। तभी माँ की आवाज आयी ''बाबू, जैसा चल रहा है चलाइए! जितनी जिन्दगी ऊपर वाले ने लिखी होगी उतनी कोई नहीं छीन सकता; बच्चों की देखभाल वैसे भी छोटकी ही करती है। माँ और मौसी में कोई फर्क नहीं है। एक बेटी के लिए दूसरी को जीते जी नहीं मार सकते। अगर कुछ अनहोनी होती है तो छोटकी आपकी और दोनों बच्चों की देखभाल कर लेगी।''

''ऐसा मत कहो किरन की माँ, वह हमारी बेटी है!''

''मैं कहाँ कह रही हूँ कि वह हमारी बेटी नहीं है; बेटी है इसीलिए तो, जो हो सकता है कर रहे हैं। अब उसके भाग्य में जो लिखा होगा, उसे हम आप बदल नहीं सकते। इसमें बुराई क्या है?

क्या आज से पहले छोटी बहन का ब्याह बड़ी बहन के पति से नहीं हुआ? देखिए आप लोग परेशान मत होईए; ऊपर वाले की मर्जी मानकर जो सेवा टहल हो सकता है करिए।''

बाबूजी की हिचकी निकल पड़ी, जिसे उन्होंने अपने हाथों से दबा लिया। मृत्युंजय चुपचाप उठकर किरन के कमरे में आ गया। आते ही देखा, किरन आँखें लाल किये रोये जा रही है। मृत्युंजय से नजरें मिलीं तो वह फफक पड़ी। उसके लाख पूछने पर भी किरन कुछ नहीं बोली; बस रोती रही... शायद वह अपना भविष्य जान चुकी थी।

वाह! क्या माल है

सच है, जब मन खुश रहता है, तो सब कुछ अच्छा लगता है। रोम-रोम रोमांचित हो जाता है। वही कमरा, वही घर, वही सड़क, वही बाजार और वही पत्नी... खुशी की कोई खास वजह नहीं थी। बस मेरी पत्नी खुश थी, इसलिए मैं भी खुश था, वरना हम शादी से आज तक वर्षों से सिर्फ इस बात पर लड़ते आ रहे हैं, कि तुम्हारी माँ ऐसी, तुम्हारे पापा वैसे। इसकी शुरूआत कैसे होती है, आज तक नहीं जान पाया; अन्त कहाँ होता है मत पूछिए। अक्सर मेरी गलती न होते हुए भी मैं ही माफी माँगता हूँ, ताकि मामला शान्त हो जाये और बच्चों के सामने इज्जत बची रहे।

सच कहता हूँ, ऊपर वाला ही जानता होगा, मैं तो आज तक नहीं समझ पाया कि जब वह मेरे माँ-बाप की इतनी बुराई करती है,

तब वह उनके आने पर या उनके पास जाने पर सबसे अधिक वही उनका ध्यान रखती है। उनसे ऐसे व्यवहार करती है कि कितनी चिन्ता है उनकी। और वह चिन्ता दिखती है उसके कार्यों में, उसके प्यार में; जबकि मैं उतना समय और ध्यान नहीं दे पाता। माँ-बाप भी उसका उतना ही ध्यान रखने की कोशिश करते हैं। यह सब देखकर मुझे बहुत अच्छा लगता है। चलो जो कहती है मुझे कहती है, बड़ों का सम्मान आदर तो करती है।

ऐसा ही एक पल आया, जब वह माँ के कहने पर उन्हें लेकर बाजार साड़ी दिलाने मेरे साथ गयी। वही बाजार, ठेले पर गुप्ता जी की मशहूर चाट की दुकान, फल वालों के छोटे-बड़े ठेले व खोमचे। मौसम और त्यौहारों के अनुसार सड़क के किनारे बदलने वाले पटरी दुकानदारों की दुकानें। आज नवरात्रि होने के कारण व्रत और पूजा के लिए मिलने वाली चुनरी, प्रसाद आदि सामग्री की दुकान। लोगों की चहल-पहल, लड़के-लड़कियों का रंग-बिरंगे कपड़ों में उत्साह प्रदर्शन। सब कुछ खुला-खुला, नवरात्रि के नौ दिन व्रत के बाद पहला अन्न का कौर खाने वाले आन्नद की अनुभूति जैसा उल्लास। अंग-अंग में उच्छ्वास की तरंग खून बनकर दौड़ रही थी।

हम माँ की साड़ी लेकर, बहुरानी (कपड़े की दुकान) की सीढ़ियों से नीचे उतरकर आ रहे थे। माँ धीरे-धीरे पीछे आ रही थी। मैं यह पल और दिन पत्नी के साथ जी लेना चाहता था, क्योंकि आदमी की जिन्दगी में ऐसी छोटी-छोटी खुशियों के पल बहुत कम आते हैं, जिसे याद रखा जाये। मैं इसे याद रखना चाहता था। मैंने कहा ''कुछ खाने-पीने का मन हो तो चलो।''

उसने तुरन्त कहा-''मम्मी से पूछ लो।''

मैंने कहा-''तुम्हीं पूछ लो।''

वह माँ से पूछने के लिए रुक गयी।

तभी हमारे बगल से अत्याधुनिक महिला अपनी बेटी के साथ गुजरी। उसकी बेटी भी, जो उससे अधिक आधुनिक वस्त्र पहने थी। वस्त्र क्या बस समझ लीजिए कि एक पारदर्शी आवरण था, जो कि शारीरिक संरचना को अत्यधिक उभारकर प्रस्तुत कर रहा था। न चाहते हुए भी व्यक्ति बरबस आकर्षित हो जाये और मन मचल जाये। मैं मानव स्वभाववश मन पर नियन्त्रण न रख सका। मेरी इन्द्रियाँ संयमित न रह सकीं। अतः जिह्वा ने तालू के साथ संपर्क स्थापित कर अपनी वाणी रूप को प्राप्त कर ध्वनि मुखरित किया- ''वाह क्या माल है...।''

मैंने यह वाक्य दोनों महिलाओं को देखकर, अपनी पत्नी को सम्बोधित करते हुए कहा था। पत्नी ने पता नहीं सुना या नहीं, मैं नहीं जानता। तब तक माँ पास आ चुकी थीं। वह उनसे खाने-पीने के बारे में पूछ रही थी। माँ ने हाँ कह दिया। हम सामने बिकानेर (फूड प्लाज़ा) में चले गये। वहाँ मैंने पत्नी के लिए प्लेन डोसा, माँ के लिए मसाला डोसा और अपने लिए पनीर टिक्का और कॉफी आर्डर किया। टोकन लेने के बाद अपनी टेबल पर बैठकर मैंने डिस्प्ले बोर्ड पर नजरें गड़ा दीं। करीब दस मिनट बाद डिंग-डाँग की आवाज के साथ डिस्प्ले बोर्ड पर मेरा आर्डर नंबर उभरा।

मैं उठा तो पत्नी भी उठकर मेरे साथ आ गयी। हमने टोकन दिया, अपना सामान लिया। हम दोनों सामान लेकर माँ की टेबल की तरफ बढ़ने लगे। तभी मेरी पत्नी ने मुझसे कहा-''आज कुछ ज्यादा ही खुश नजर आ रहे हो!''

''क्यूँ क्या बात है, नहीं होना चाहिए?'' मैंने खुद प्रश्न कर दिया।

''नहीं-नहीं क्यों नहीं होना चाहिए, तभी तो आती-जाती लड़िकयों और औरतों को देखिकर, वाह क्या माल है! बोल रहे थे। अरे शर्म आनी चाहिए तुम्हें, अब तुम्हारी उम्र नहीं रही ये सब करने की, और तुम्हीं क्यों, किसी को भी नहीं करनी चाहिए। एक बात ध्यान रखो तुम्हारी भी बेटी है; बस ज्यादा दिन नहीं। कुछ महीनों और वर्षों की बात है, लोग ऐसे ही बोलेंगे, 'वाह क्या माल है।' तब देखूँगी तुम कितना खुश होते हो!''

मेरी सारी खुशी कपूर की तरह कब उड़ गयी, मैं जान भी नहीं पाया। मेरे हाथों-पैरों में जैसे चुनचुनाहट होने लगी। मुझे लगा जैसे मेरे शरीर से बहुत गन्दी बदबू आ रही है। अचानक मैं खुद को बहुत गन्दा लगने लगा, क्योंकि जिस नफरत और धिक्कार की दृष्टि से मेरी पत्नी ने मुझे देखते हुए यह बात कही थी, आज तक इतनी पीड़ा और नफरत खुद से कभी नहीं हुई। हम बहुत लड़े, बहुत झगड़े पर कभी ऐसा नहीं हुआ। आज मैं खुद को उसकी नजरों से चुरा लेना चाहता था।

मैंने सामान लाकर माँ के टेबल पर रख दिया। उसने अपना डोसा अपने सामने रखा और पूर्ववत व्यवहार करते हुए माँ के साथ खाने लगी। मैं नहीं खा रहा था। मेरे कानों में उसकी आवाज मृदंग की तरह बज रही थी। लग रहा था कान फट जायेंगे। मैं पसीने से तर-ब-तर हो गया।

माँ ने पूछा-''खा क्यों नहीं रहे हो?''

मैंने बस ''खाता हूँ।'' कहकर पानी का गिलास उठाकर पी लिया। मेरी पत्नी ने कोई प्रतिक्रिया नहीं दी। वह अपने खाने में व्यस्त रही, जैसे कुछ हुआ ही न हो। मैं दो चार टुकड़े किसी तरह

निगल सका। वहाँ से चलने के बाद हम सीधे घर आ गये। माँ अपने कमरे में चली गयी।

* * *

मैं अपने कमरे में था। थोड़ी देर बाद पत्नी आयी। मैंने उसे अपनी ओर खींचते हुए कहा-‘‘मेरा मतलब वो नहीं था; तुमने कितनी बड़ी बात कह दी।’’

‘‘मतलब कुछ भी हो, तुमने कहा ही क्यों?’’ पत्नी बोली।

‘‘हाँ कहा, पर तुम जैसा सोचती हो वैसा नहीं हूँ।’’

‘‘यह तुम्हारी गलती नहीं है, मर्द जात होते ही ऐसे हैं..!’’

नहीं, ऐसा नहीं है; अगर गलती मेरी है तो गलती उनकी भी है, उन्हें ऐसे कपड़े पहनकर बाजार में घूमने की क्या जरूरत है? किस-किस को रोकोगी? मानता हूँ मेरी गलती है कि मैंने उनको कमेन्ट किया, लेकिन यह बात मैंने बस ऐसे ही बोल दी थी। देखो तुम्हारी बात सुनकर मैं अन्दर ही अन्दर कटा जा रहा हूँ। मैं वाकई शर्मिन्दा हूँ। मुझे माफ़ कर दो। मेरे मन में कोई गन्दगी नहीं है। बस अपने को रोक नहीं सका, पर वादा करता हूँ आज के बाद मैं कभी भी किसी को सच-झूठ या किसी रूप में इस तरह का कमेन्ट नहीं करूँगा; अगर तुम माफ नहीं करोगी, तो मैं मन ही मन घुटता रहूँगा। लगेगा जैसे मैंने अपनी बेटी को कमेन्ट किया है।’’

पत्नी बोली-‘‘मेरे माफ करने न करने का सवाल ही नहीं है, सवाल है कि तुम खुद अपने आप को माफ करो और समझो कि वह

तुम्हारी बेटी है, तभी तुम अपने आप को माफ कर, चैन से रह पाओगे। चलो, एक बार मैं माफ भी कर दूँगी, लेकिन तुम खुद अपने आप से भागकर कहाँ जाओगे? आज अचानक मैं शिष्य और मेरी पत्नी शिक्षिका के रूप में नजर आने लगी। मैं सोचता रह गया..।

मेवालाल

‘‘मेवालाल...!’’

‘‘आया बीबी जी!’’

‘‘खाना खा रहा है ..?’’

‘‘जी बीबी जी।’’

‘‘आलमारी में जो मिठाई रखी है, वो तुम्हारे लिए है, खाना खाने के बाद खा लेना, और थोड़ी बर्फ पीसकर इधर आना।’’

‘‘जी बीबी जी।’’ कौर गटकते हुए मेवा बोला।

गर्मियों की दोपहर। इधर बिजली बंद। श्रीमती सुधा राय पसीने से तर-ब-तर बिस्तर पर करवटें बदल रही थीं। एक हाथ से पंखा झल रही थीं तो दूसरे हाथ से साड़ी के आँचल से बार-बार पसीना

पोछतीं। सुधा राय के पति इस छोटे से कस्बे के तहसीलदार थे। सरकारी मकान, घर-गृहस्थी, साजो-सामान। पर हर कस्बे की तरह बिजली का वही हाल, आई तो आई, नहीं तो राम-राम भाई। पति दिन भर घर से बाहर ऑफिस में... पर घर की औरतों का गर्मी से बुरा हाल हो जाता।

सत्रह-अठारह साल का मेवा लाल, सात-आठ साल की उम्र से आने-जाने वाले अधिकारियों के घर काम किया करता। गेहुँआ रंग, सुडौल शरीर, चमकीली आँखें, सर के बाल कुछ लापरवाही से बिखरे हुए। सुधा राय जवानी की दोपहरी में थीं। शरीर के लावण्य और सुघड़ता में और निखार आ गया था। गोरा रंग, भरा शरीर, लम्बे बाल सिराहने पर बिखरे पड़े। मलमल की साड़ी में चारपाई पर लेटी थीं। तभी मेवालाल पिसी हुई बर्फ लिए हुए आया।

''जी बीबी जी बर्फ।''

सुधा ने आदेशात्मक स्वर में मेवा से कहा कि उनके तलवे में धीरे-धीरे बर्फ लगाए ताकि गर्मी से कुछ राहत मिल सके। पायताने बैठकर मेवालाल तलवे में आहिस्ता-आहिस्ता पिसी हुई बर्फ लगाने लगा। वह लगा ही रहा था कि बिजली आ गई। पंखा और कूलर एक साथ चल पड़े। सुधा राय के हाथ से पंखा एक ओर गिर पड़ा।

''अब तो यहाँ रहने का मन नहीं करता।'' सुधा बोल पड़ीं ''जीना दूभर हो गया है।''

''हाँ बीबी जी, आप ठीक कह रही हैं; अभी बारिश तो शुरू होने दीजिए, फिर शुरू होगी चिप-चिप गर्मी।'' सुधा देवी को पंखे और कूलर की हवा अच्छी लगी तो उन्होंने आँखें बंद कर लीं। हवा के झोंके से उनका आँचल छाती से सरक गया। करवट बदलकर सीधा लेटीं तो वह पूरी तरह से अलग होकर चारपाई से लटकने

लगा। मेवालाल की निगाहें अनायास ही न चाहते हुए भी बीबी जी के सुडौल शरीर का मुआयना करने लगीं, पर उसकी नज़रें टिक नहीं पातीं। वह चोरी-चोरी से बीबी जी के चेहरे की तरफ भी देख लेता ... और फिर तलवे में पिसी हुई बर्फ लगाने लगता।

कूलर की हवा में टाँगों से साड़ी उठती जा रही थी, पर मेवा हिम्मत नहीं कर पा रहा था कि साड़ी को खींचकर उन्हें ढँक दे। वह अजीब सी उलझन में था, न बैठ पा रहा था न खड़ा हो पा रहा था। एक मन कहता 'नहीं ये गलत है मेवा' और एक मन कहता 'नहीं, क्या करना मुझसे, मैंने तो कुछ किया नहीं, जो हो रहा है अपने आप हो रहा है!' तभी सुधा देवी ने आँखें खोलीं और आँचल ठीक करते हुए करवट बदली, और मेवा से बोलीं ''जा तू भी घूम आ, तब तक मैं एक नींद सो लेती हूँ।''

मेवा एक झटके से उठ खड़ा हुआ और नज़रें बचाते हुए कमरे से बाहर आ गया। बरामदे में आकर उसने कमीज-पैंट पहनी, आईने में चेहरा देखा, बालों को ठीक करने के बाद सीधे घर के बाहर चौराहे पर बनारसी पान वाले की दुकान पर पहुँचा। कुछ देर गप्पे लड़ाने के बाद एक मगही पान, किवाम पिपरामेंट के साथ खाया, तभी उसकी निगाह गली के नुक्कड़ पर खड़ी लक्ष्मी पर पड़ी, बाइस-चौबीस साल की लक्ष्मी साथ वाले मकान में काम करती थी। विवाह हो चुका था उसका, किन्तु पति उसको छोड़कर जो कमाने गया तो आज तक नहीं लौटा। लोग कहते हैं कि दो साल हो गए, वो किसी और के साथ रहता है।

''काम ख़त्म हो गया मेवा?'' लक्ष्मी ने आवाज दी।

''हाँ।'' मेवा ने सहमति में सर हिला दिया।

''मुझे पान नहीं खिलाएगा?'' पास आती लक्ष्मी बोली।

''क्यों नहीं, तु कहे तो तुझे जिन्दगी भर पान खिलाऊँ।'' और एक पान की गिलौरी लेकर उसकी तरफ बढ़ा दिया।

लक्ष्मी ने बड़ी अदा से पान मुँह में दबाते हुए पूछा ''सुना है तुम्हारे मालिक की बदली हो गई... गोरखपुर जाएगा।''

''ऐसी बात तो चल रही है, मगर अभी कुछ ठीक नहीं है।'' मेवा बोला।

''तू भी साथ क्यों नहीं चला जाता; तेरी बीबी जी तुझे कितना मानती हैं। कैसे-कैसे शानदार कपड़े, जूते पहनने को देती हैं। कोई देखे तो कह नहीं सकता तू उनका नौकर है। पैसों की कोई कमी नहीं तुझे... जब माँगा दे दिया। पूछती तक नहीं तू क्या करता है। क्या किस्मत है तेरी! और एक मेरी मालकिन है बड़ी कंजूस... रोटियाँ भी गिन कर देती है। हर समय झूठ में ही महँगाई का रोना रोती रहती है।'' लक्ष्मी कुछ उदास होते हुए बोली।

''अच्छी किस्मत होती तो तुझे उस कंजूस से छुड़ा न लेता।'' मेवा, दिल की बात बोल गया, साथ ही अपनी चमकदार आँखें उसके चहरे पर गड़ा दी।

''हट पगले कहीं के, मुझे क्या देख रहा है।'' और शरमाकर भाग गई।

मेवा उसे जाते देखता रहा।

* * *

खाना खाने के बाद सुधा देवी अपने पति के लिए सौंफ की प्लेट बढ़ाते हुए बोलीं- ''क्या हुआ आपके गोरखपुर ट्रांसफर का?'' मेवा, पानी का गिलास टेबल पर रखकर किचेन में चला गया।

‘‘हाँ, गोरखपुर जाना पक्का हो गया है, अगले महीने जायेंगे।’’

‘‘अच्छा हुआ, इस नरक से छुटकारा तो मिल जाएगा।’’ सुधा बोल पड़ी।

‘‘वहाँ घर तो मिलेगा न?’’

‘‘हाँ मिलेगा।’’ राय साहब ने कहा। ‘‘मगर शहर से दस किलोमीटर दूर है। रोज आना-जाना पड़ेगा।

‘‘मैं तो कहती हूँ मेवा को लेते चलते तो अच्छा होता।’’ सुधा ने कहा। ‘‘जानते हो अगर आज अपना बच्चा होता तो मेवा की तरह जवान होता। मेरे भाग्य में तो संतान सुख लिखा ही नहीं था। मेवा को देखती हूँ तो अक्सर उसकी याद आती है, जैसे वो मेवा के रूप में लौट आया है। हाय रे किस्मत!’’

मेवा किचेन में बैठा ये सब बातें सुन रहा था। मानो उसके ऊपर कोई पहाड़ टूट पड़ा हो। आँखों से आँसू निकल पड़े। मन ही मन वो खुद को कोसने लगा। उसकी आत्मा उसे धिक्कारने लगी। वह उस पल को कोस रहा था जिस पल उसके मन में बीबी जी के प्रति बुरे खयाल आये। बार-बार वो सोचता उसने उनमें एक माँ का रूप क्यों नहीं देखा उस पल? माँ ही तो है जो जन्म देती है इंसान को। उसे अपना वो दिन याद हो आया जब वो अपनी माँ को छोड़कर गाँव से यहाँ आ गया था। वो दिन और आज का दिन फिर अपनी माँ से नहीं मिल सका। बीमारी के कारण वो परलोक सिधार चुकी थी। आँसुओं का सैलाब रुकने का नाम नहीं ले रहा था। हिचकियाँ तेज होती जा रही थीं।

सिसकने की आवाज सुनकर सुधा देवी किचेन में आईं। बीबी

जी को देखते ही वो और ज़ोर-ज़ोर से रोने लगा और उनका पैर पकड़ लिया। ''बीबी जी मैं भी आप के साथ चलूँगा।'' बोल उठा मेवालाल।

ये सुनकर सुधा देवी की आँखें भर आईं। रुँधे गले से बोली ''मैं भी तेरे बगैर कहाँ रह पाऊँगी मेरे लाल..।'' और प्यार से उसके सर पर हाथ रख दिया।

खानदानी अटैची

अभी मैं अपनी सीट पर आकर बैठा ही था कि ड्राइवर जोर से चिल्लाया। ''जब तक सब लोग खिड़की से टिकट लेकर नहीं आते तब तक बस आगे नहीं जायेगी!'' फिर क्या था, सब दौड़ लिये खिड़की की तरफ, पहले टिकट पाने के लिए, ताकि बस में बैठने के लिए सीट मिल सके। मैं भी सबके पीछे दौड़ा कि तभी खयाल आया कि मेरी एक अटैची और झोला सीट पर ही है। मैं फिर उल्टे पाँव दौड़ा। अपनी सीट पर आया। इधर-उधर देखा, तभी मुझे एक महिला पीछे वाली सीट पर बैठी दिखाई दी। शायद उसका पति टिकट लेने गया था। ''देखिए मैं अकेला हूँ, टिकट लेने जा रहा हूँ, आप मेरा सामान देखते रहिएगा।'' मगर उक्त महिला ने एक आदर्श पत्नी का परिचय दिया और वह खिड़की से बाहर की तरफ देखने लगी। शायद उसने पराये मर्द से बात करना और देखना पाप

समझा होगा। भले वह आदर्श न रही हो मगर वह उस समय वैसी ही दिखी।

हो सकता हो कि वह मुझसे डर रही हो, इसलिए मुझसे आँख न मिला रही हो, यह सोचकर कि मैंने उसे यह बता दिया है कि मेरा सामान यहाँ पर है, मैं टिकट के लिए खिड़की पर पहुँच गया। मगर यहाँ का आलम ही कुछ और था, मैं समझता हूँ कि लोग लाइन से टिकट लेते तो आधे घंटे के अन्दर सबको टिकट मिल जाता, मगर यहाँ किसे फुरसत है नियम और कानून के बारे में सोचने की। वो तो चढ़े जा रहे हैं एक-दूसरे के ऊपर कि पहले हमें टिकट मिल जाये ताकि बस में सीट मिल सके। मैंने भी आव देखा न ताव, घुस गया भीड़ में लोगों से लड़ता-भिड़ता। अभी खिड़की की सलाख पकड़ी ही थी कि किसी ने जोर से मुझे खींचा और मैं दो-चार के साथ पीछे आ गया। यह क्या हुआ! मंजिल मेरे हाथ से निकल गई, मैं देखता रह गया। मुझे बहुत जोर से गुस्सा आ रहा था। शराफत का जमाना ही नहीं। जिसे देखो वह अपनी ही धुन में है। मन में विचार आया कि सामने बेंच पर बैठकर समाज को कोसूँ और खुद पर रो लूँ, मगर तभी ख्याल आया कि मुझे बस पकड़नी है। लोग देखेंगे तो क्या सोचेंगे कि अभी टिकट के लिए धक्कम पेल कर रहा था, अब बैठा रो रहा है। एक बार फिर से साहस जुटाया और चल पड़ा लंका पर विजय प्राप्त करने। मन में पिछली हार की कसक थी, इसलिए मैंने सोचा, दो चार को चोट लगे; इस इरादे से हाथ-पैर चलाना शुरू कर दिया। अन्ततः विजय हमारी हुई। हम अपने मकसद में सफल हुए।

किसी ने ठीक ही कहा है कि संघर्ष करो तो भगवान भी मिलेंगे। टिकट पाने के बाद मैं सीधे बस की तरफ भागा। खिड़की से बस की दूरी कोई सौ मीटर के आसपास होगी। मैंने यह दूरी लपक

कर तय की। सीधे मैं अपनी सामान रखी सीट पर पहुँचा। जहाँ आगे का दरवाजा था, उसके बगल वाली सीट थी मेरी, लेकिन यहाँ तो मामला ही उल्टा था। मेरी सीट पर एक दम्पति बैठे बातें कर रहे थे। उन्हें जरा भी ध्यान नहीं था कि उनका पाँच साल का बच्चा हमारे उस लावारिस झोले के साथ क्रीडामग्न है। साथ ही मेरी उस खानदानी अटैची का आस-पास नामो-निशान नहीं था, जो हमारे बाबा से पिता और उनसे होते हुए मुझे मिली थी।

'वाह क्या नजाकत है...! ऐसे बैठे हैं, जैसे इनके बाप की सीट है। बीवी से बात करने का अंदाज देखो, जैसे बस में ही रतिक्रीडा में व्यस्त हो जायेंगे। मजनूँ के बाद यही पैदा हुए हैं।' मैं मन ही मन बड़बड़ा रहा था। 'यह भी ध्यान नहीं कि इनके प्रेम का प्रतीक दुलारा राजकुमार मेरे झोले का सत्यानाश करने में जुटा है।'

मैंने कहा- ''भाई साहब यह सीट मेरी है!'' मगर भाई साहब क्यों सुनें?

मैंने फिर कहा- ''भाई साहब यह सीट मेरी है।''

''क्या मेरी है... मेरी है... चिल्ला रहे हो!'' भाई साहब तैश में आ गये। ''देखते नहीं हम लोग कब से यहाँ बैठे हैं।''

''क्या बात करते हैं! आपको दिखाई नहीं देता; मैं यहाँ अपना सामान रखकर गया था टिकट लेने, पीछे वाली बहन जी से पूछ लीजिए।'' मैंने कहा ''क्यों बहन जी, मैं ठीक कह रहा हूँ न!''

परन्तु बहन जी कुछ बोलतीं उसके पहले ही उनके पति महोदय बीच में बोल पड़े। ''बहन जी तुम्हारी नौकर हैं? सबका ठेका ले रखा है?'' मैं तो बस कुत्ते सा दुम दबाये उन्हें देखता रह गया। अब मैं क्या करता; मैंने बच्चे से कहा ''मेरे लाल, मत कर मेरे इस झोले

का पोस्टमार्टम...'' और हाथ में ले लिया। दबी जुबान से मैंने कहा ''अच्छा भाई साहब, मेरी खानदानी अटैची के बारे में बतायेंगे?''

भाई साहब रौब डालते हुए बोले। ''अभी यहीं थी। देख लो आस-पास होगी।''

मैंने सोचा, 'अटैची याद है, मगर वह सीट पर थी यह याद नहीं है। ''देखो भाइयों! एक तो हमारी सीट पर बैठ गये और हमीं पर अकड़ रहे हैं; अटैची कहाँ है, पूछने पर कह रहे हैं यहीं कहीं होगी, जैसे इनके लिए कुछ है ही नहीं... अरे अपनी होती तो देखते; बीवी की तरह सीने से चिपकाये होते।''

''क्या देखते! बहुत बोल रहा है, दिमाग खराब हो गया है तुम्हारा।''

''वाह! हमारा ही दिमाग खराब हो गया है; एक तो चोरी और ऊपर से सीना जोरी... अगर हमारी अटैची नहीं मिली तो छोड़ूँगा नहीं।''

''क्या कर लोगे?''

''बताऊँ अभी!'' आगे ही बढ़ा था कि उनकी बीवी के साथ कई लोग बोल पड़े, क्या करते हो भाई जाने दो...

तभी ड्राइवर ने हार्न बजाया। गाड़ी सरक पड़ी। इसी के साथ जो लोग बाहर टहल रहे थे वह भी बस के अन्दर आ गये। अब तो भीड़ और बढ़ गई। अब तो इधर-उधर कहीं घूम भी नहीं सकते, मगर मैं अपनी अटैची के लिए परेशान उसे ढूँढ़ता हुआ आगे से पीछे की तरफ बढ़ा।

दोनों तरफ की सीट के बीच में भी लोग ठसाठस भरे थे। किसी तरह उठता-बैठता मैं अपनी अटैची देख रहा था, तभी किसी महिला

ने मुझे डाँटा- "क्या करते हो, शर्म नहीं आती!" मैं तो हक्का-बक्का रह गया। सब की निगाहें मेरी तरफ दौड़ गईं। कुछ चिल्ला रहे थे। मारो साले को! बहुत बदमाश है... देखने में तो शरीफ लगता है।

मैंने झट कहा- "माफ कीजिए मैं अपनी अटैची देख रहा था।"

"इसका मतलब, आप किसी का पैर तोड़ देंगे।" महिला तेज आवाज में बोल रही थी।

"वह क्या है... मैंने जान के थोड़े ही ऐसा किया..." तब जाके लोगों को विश्वास हुआ, वरना...। मैं झट उस महिला के बगल से निकलकर आगे बढ़ गया। तभी मेरी नजर गैलरी में बैठे एक सज्जन पर पड़ी जो हमारी अटैची पर विराजमान थे।

मैंने बड़े प्यार से कहा- 'यह आपकी अटैची है?'

उन्होंने भी तपाक से कहा- "बैठना है क्या? आ जाइये!"

वाह भाई साहब! बड़े नेक ख्याल हैं आप के; एक तो खुद बैठे हुए हैं और मुझे ही मेरी अटैची पर बैठने के लिए कहे रहे हैं... उठिए चलिए!"

बेचारे कुल्हड़ सा मुँह लिए चुपचाप उठ खड़े हुए। मैं अभी अपनी अटैची उठा ही रहा था कि बस अपने छोटे से स्टॉप पर रुकी। इसी के साथ पीछे का दरवाजा खुला और दो महिलाओं ने अपने छोटे-छोटे बच्चों के साथ अन्दर प्रवेश किया और बस चल पड़ी।

"किनारे हटो।, अरे यार आगे बढ़ो!, देखते नहीं हो... लेडीज आ रही हैं।" कंडेक्टर साहब चिल्ला रहे थे।

मैंने कहा- ''जाऊँ कहाँ भाई ? देख नहीं रहे हो, तिल रखने की जगह नहीं है।''

''ठीक है, ठीक है... पीछे हटो! इन लोगों को दीवार के सहारे हो जाने दो।''

मैं कुछ कहता इसके पहले ही दोनों महिलाएँ मेरे आगे आकर खड़ी हो गईं। एक महिला अपने बच्चे को कन्धे पर लेकर सुलाने की कोशिश कर रही थी, मगर वह सोने का नाम नहीं ले रहा था। सड़क खराब होने की वजह से लगने वाले झटके के कारण सामने खड़ी महिला मुझसे बार-बार टकरा रही थी। एक तो गरमी से तर-ब-तर, ऊपर से उस महिला के सामने खड़े हो जाने से कुछ अधिक ही घुटन हो रही थी। एक हाथ में झोला पकड़े-पकड़े मेरे हाथ में दर्द होने लगा। रखूँ तो कहा रखूँ... पैर तो सीधे रख नहीं सकता था, झोला रखने की तो बात दूर।

तभी सामने एक सज्जन को अपने दोस्त से बातें करते देखा... उनकी बातों से आभास हो रहा था कि वह अगले स्टॉप पर उतरेंगे। मैंने सोचा कि चलो कुछ देर ही बैठने को मिलेगा। मगर मुझे क्या मालूम कि उस एक सीट के लिए कई गिद्ध आँखें लगी हुई हैं। आधे घंटे के बाद बस रुकी तो कई लोग उस इकलौती सीट पर टूट पड़े। मुझे तो सीट नहीं मिली, हाँ एक सज्जन लड़ते-भिड़ते बैठ ही गये।

बस चली और उसी के साथ सब अपने-अपने खाँचे में फिट हो गये। एक घंटे के संघर्ष के बाद मेरा स्टॉप आया। उन दोनों महिलाओं को भी यहीं उतरना था। मैं उतरने के लिए आगे बढ़ा, कि महिला ने आवाज दिया, 'जब आप यहाँ उतर ही रहे हैं तो मेरे बच्चे को पकड़ लीजिए।' मैं भौंहें चढ़ाते हुए उसकी ओर देखा और बुदबुदाया 'आह! चैन से उतर भी नहीं सकता।' गुस्से में कहा

''लाइए'' और बच्चे को लेकर झोला सहित नीचे आ गया। तभी ध्यान आया कि मेरी अटैची तो ऊपर ही रह गई। वह दोनों महिलाएँ भी अपना सामान लेकर नीचे आ गईं। मैंने उनसे कहा कि मेरी अटैची उठा लीजिए। वह आगे बढ़ी ही थी कि बस चल दी और साथ ही बच्चे ने मेरे ऊपर पेशाब कर दिया।

मैंने आगबबूला होते हुए बच्चा उनकी गोद में दे मारा और बस को बाहर से ही पीटने लगा। कंडेक्टर से बोला, मेरी अटैची तो दे दो। उसने अटैची उठाई और चलती बस से नीचे फेंक दी। मैं चुपचाप खड़ा बस को देखता रह गया जो हमारे ऊपर धूल उड़ाकर चली जा रही थी।

मैं अपने और बस के अतीत के बारे में सोचने लगा, तभी मेरे कानों में बच्चे के रोने की आवाज सुनाई दी। मैंने मुड़कर देखा तो उक्त महिला हमारी अटैची के बिखरे सामान समेट रही थी।

वह डरते हुए धीरे से बोली- ''माफ़ कीजिएगा, हमारी वजह से आपको…।''

''अरे नहीं, कोई बात नहीं!'' मैंने बीच में बात काटते हुए कहा और अपनी अटैची लेकर आगे बढ़ गया।

लिटिल बुद्धा

आज सुबह-सुबह बच्चों को स्कूल छोड़ने के बाद मैं अपनी पत्नी के साथ पोर्च में बैठकर चाय पी रहा था। नवम्बर का महीना चल रहा है और दीपावली अभी-अभी बीती है। गुलाबी ठंढक है। ऐसे में आभा के साथ अदरक तुलसी की गरम-गरम चाय कुछ ज्यादा ही रोमांच पैदा कर रही थी। सूरज अपनी लालिमा को छोड़कर शहरी इमारतों के बीच से गुजरते हुए चुपके से मेरे पोर्च में झाँक रहा था। तभी 'लिटिल बुद्ध' दौड़ता हुआ आया। मुझे और मेरी पत्नी आभा को देखकर रुक गया।

''शायद कुछ कहने की कोशिश कर रहा है!'' मैंने आभा से कहा।

आभा ने उसे डाँटने के लहजे में पूछा- ''क्या है? सुबह-सुबह

आ गया!''

* * *

'लिटिल बुद्धा।' यह नाम मैंने उसे दिया है। वैसे तो मुझे आज तक नहीं मालूम चला कि उसका असली नाम क्या है। उसके डील-डौल कद और स्वस्थ शरीर को देखकर बरबस बुद्ध के बचपन की याद आ जाती है, और मैं उसे लिटिल बुद्धा बोलने लगा। बिल्कुल गोल-मटोल... अपने माँ बाप का चौथे नम्बर का लगभग डेढ़ से दो साल का लड़का है। इससे बड़े तीन भाई-बहन हैं। एक अभी साल भर पहले पैदा हुआ है। अब आप खुद समझ सकते हैं इसकी उम्र क्या होगी।

सबसे बड़ी लड़की की उम्र आठ साल की है, और इस पर हिम्मत तो देखिए, छठा उसकी माँ के पेट में है। कब बाहर आ जाये ऊपर वाला ही जानता है। इसके बाप का नाम रमेश है। रमेश, उसकी पत्नी और पाँच बच्चे हमारे मकान के बाद पाण्डेय जी के मकान के बगल में खाली पड़े प्लाट में एक टूटी-फूटी पॉलीथिन और चद्दर की झोपड़ी डालकर रहते हैं। रमेश, किराये पर दिन भर रिक्शा चलाता है। उसकी पत्नी घरों में झाड़ू-पोछा और बर्तन करती है। इससे ही गुजारा होता है। न जाने इस दीवाली पर उन्हें देखकर कुछ अजीब सा लगा। ये पाँचों बच्चे किस बात की सजा पा रहे हैं। ये सिर्फ इसलिए गरीब हैं कि रमेश और उसकी पत्नी के घर जन्म लिए हैं। कितने सुन्दर और स्वस्थ बच्चे हैं... आखिर इनको क्या मिलता है। ये किसी बड़े खानदान और अमीर घर में पैदा हुए होते तो आज इनकी क्या इज्जत होती। ये लिटिल बुद्धा आज जो इस ठंढ में नंगे बदन घूम रहा है, अच्छे गरम कपड़े पहने होता। देखभाल के लिये कई लोग होते। इसके माँ-बाप इस तरह कभी नहीं

छोड़ते। मैंने अपने बच्चों से कहा कि जो फुलझड़ियाँ, अनार और मिठाइयाँ लाया हूँ तुम लोगों के लिये, उसे बाहर लेकर आओ। मैंने सभी बच्चों को बुलाकर उनमें बाँट दिये। सभी के चेहरे चमक उठे। उन्हें पटाखे जलाते और मिठाइयाँ खाते देख जो अनुभूति हुई, मैं कह नहीं सकता। मेरी आँखें भर आयीं। मैं नहीं कहता मैंने कोई बहुत बड़ा काम किया, पर परिस्थितियाँ सोचने को विवश करती हैं। आखिर आदमी की पहचान कर्म से होती है या धन से। आप को इस प्रश्न का उत्तर मिल जाये तो कृपया मुझे भी बता दीजिएगा।

* * *

तभी उसकी आवाज ने पुनः मुझे उसकी ओर आकर्षित किया। वह अपनी झोपड़ी की तरफ देखते हुए मुझे इशारा कर रहा था। 'आव!' कह कर वह अपनी झोपड़ी की तरफ चलने लगा। मैंने आभा से कहा- ''पता नहीं क्या कहना चाह रहा है, देखता हूँ।''

''आप भी इन बच्चों की बातों में पड़ जाते हैं; आपको भी कोई और नहीं मिलता, यह बच्चे ही मिलते हैं। यह भी आपको समझ गये हैं, खूब बेवकूफ बनाते हैं।''

तभी किसी औरत के कराहने की आवाज सुनाई दी। मैं झट उस बच्चे के साथ उसके झोपड़े की तरफ बढ़ गया। वहाँ पर पहुँच कर मैं हैरान रहा गया। लिटिल बुद्धा की माँ अपने उस बिना दरवाजे की झोपड़ी में पड़ी दर्द से कराह रही थी। उसे उसका छटा बच्चा बाहर आने के लिए गर्भ-गृह के दरवाजे पर से दस्तक दे रहा था। मुझे कुछ समझ में नहीं आया; मैं वहाँ से उल्टे पाँव लौटने लगा।

तब तक आभा वहाँ पहुँच चुकी थी। उसके पास ही एक और काम करने वाली रहती थी, उसको बुलाया। तभी पाण्डेय जी की बीवी भी आ गईं। यह लोग अभी कुछ करते, तभी उसका पति

अपनी महिला रिश्तेदारों के साथ आ गया।

मैंने आभा से कहा- ''मैं गाड़ी निकालता हूँ, तुम उसे हॉस्पिटल ले चलने के लिए तैयार करवाओ।''

वहाँ खड़ी एक महिला ने कहा- ''नहीं साहब, इसकी जरूरत नहीं है, हम लोग हैं! यह तो रोज की बात है... अगर हम लोग अस्पताल जाने लगे तो हो चुका... और खर्चा-पानी कहाँ से चलेगा।''

मैंने कहा- ''अब तो सरकार जच्चा-बच्चा के लिए पैसा देती है।''

''मत पूछिए साहब! जितना देती नहीं है, उससे अधिक वहाँ के लोग ले लेते हैं; हो जायेगा साहब, आप परेशान मत होइये।''

उसके आत्म-विश्वास और धैर्य को देखकर मैं अपने बड़प्पन और समाज-सेवा की भावना को ओढ़े ठंढ से बचता चुप हो गया। जैसे उसने मेरी भावना के गाल पर कसकर तमाचा मारा हो और कह रही हो कि 'डॉक्टर और अस्पताल की जरूरत आप बड़े लोगों को ज्यादा है।'

* * *

मैं अपने पोर्च में आकर बैठ गया। कुछ समय बाद बच्चे के रोने की आवाज आयी, साथ ही मेरी पत्नी भी आई। ''लड़का हुआ है।'' बताया उसने।

मैंने कहा - ''उसे जिस चीज की जरूरत हो उसे दे दो, अगर कुछ पैसे चाहिए तो दे देना; उसे कोई परेशानी और बीमारी नहीं होने पाये।''

आभा ने लगभग चीखते हुए कहा ''उन्हें किसी चीज की जरूरत नहीं है, न ही उन्हें कुछ होगा; न टिटनेस, न पीलिया और न कोई बीमारी... यह सब हमारे तुम्हारे जैसे लोगों को होता है। वह मेहनत करती है, काम करती है; जो मिलता है उसे चैन से पेट भर खाती है, सुना नहीं है अभी तुमने!''

''फिर भी आभा, बीमारी देखकर नहीं आती है; उसे अमीर गरीब नहीं मालूम।''

''गलत! उसे मालूम है, कौन कर सकता है, कौन नहीं। खुद को देख लो... सब कुछ बचाते रहे, फिर भी तुम्हारी दोनों किडनी खराब हो गयीं। मुझे अपनी एक किडनी देनी पड़ी, तब जाकर तुम्हारी जिन्दगी बची। क्यों? हम तो बहुत साफ-सफाई रखते थे; ये न खाओ, ये न पियो! ये न करो! वो न करो! यहाँ मत जाओ! वहाँ मत बैठो!... क्या सेफ्टी नहीं करते थे... फिर भी क्या हुआ! उस औरत को देखो; नौ साल में छह बच्चे! उसकी क्षमता और सहन शक्ति को देखो। वह भी औरत है कोई मशीन नहीं, पर क्या करे। आदमी यह नहीं समझता, उसे तो बस मस्ती ही चाहिए।''

''अभी पिछले साल ही उसका पाँचवा बच्चा पैदा हुआ था। एक हफ्ते के बाद से ही वह अपने काम पर आने-जाने लगी थी। सुबह-शाम नल से दो-दो बाल्टी पानी लाती थी। अपने बच्चे को अपनी बड़ी बेटी, जो कि अभी खुद बच्ची है, उसकी गोद में डालकर काम पर निकल जाती। शायद तुमने देखा होगा, कैसे वह आठ साल की बच्ची एक माँ का फर्ज़ पूरा करती थी। उसे लेकर इन्हीं सड़कों पर इधर से उधर घुमाया करती थी क्या हुआ उन्हें... सब स्वस्थ हैं।

तुम्हारा लिटिल बुद्धा, जिसे तुम प्यार करते हो, अभी ठीक से

बोल नहीं पाता; चलता है तो लगता है कि गिर जायेगा, लेकिन दो लीटर का डिब्बा लेकर अपनी बहन के साथ पानी भरकर लाता है। पढ़ाई-लिखाई नहीं है, फिर भी इनका हिसाब-किताब कभी गलत नहीं होता, और एक हमारे बच्चे हैं... कह दो कि सब्जी की दुकान से सब्जी लेते आओ तो पूछेंगे भी नहीं कि क्या दाम है, जो माँगा दे दिया। तुम मत परेशान हो; कोई जरूरत होगी तो मैं दे दूँगी... मैं भी एक औरत हूँ, उसकी पीड़ा समझती हूँ।''

तभी रमेश आया और मेरा पैर छूकर लड्डू का डिब्बा मेरी ओर बढ़ाया। सभी जानते हैं कि मैं बाहर की चीजें नहीं खाता, ऊपर से छठे बच्चे की पैदाइश... कुछ अजीब सा लग रहा था। न चाहते हुए भी मैं मना नहीं कर सका और मन रखने के लिए एक लड्डू उठा लिया। उसने मेरी पत्नी की ओर डिब्बा बढ़ाया, पर वह नाराज होकर चली गई।

रमेश जैसे ही जाने के लिए मुड़ा, मैंने उसे रोका- ''सुनो!''

''जी साहब! कहिए कोई काम है।''

''नहीं, मैं तुमसे कुछ कहना चाहता हूँ।''

''कहिए साहब, आपके लिए सब कुछ कर सकता हूँ।''

''नहीं-नहीं ऐसी बात नहीं है; एक बात बताओ, तुम्हारे पास बच्चे पैदा करने के अलावा और कोई काम नहीं है।''

शरमाते हुए बोला- ''नहीं साहब ऐसी बात नहीं है; क्या करें दिन भर रिक्शा चलाने के बाद और मेरी बीवी दिन भर बरतन माँजने के बाद थकान मिटाने के लिए पति-पत्नी एक-एक पाउच पी लेते हैं तो फिर याद ही नहीं रहता कि कौन कहाँ और किसके ऊपर है। पता तो तब चलता है जब वह पेट से होती है; और फिर साहब ऊपर वाले

की देन है तो कौन रोक सकता है...''

मैंने डाँटते हुए कहा- 'रोक सकता है, तुम बस करो! देखो तुम्हारी पत्नी कमजोर है, तुम्हारी भी आमदनी कम है; तुम दोनों दिन भर मेहनत करते हो, तब कहीं जाकर दो वक्त की रोटी नसीब होती है; उस पर छह बच्चे कैसे पालोगे, कैसे सँभालोगे? मेरी बात मानों तुम अपना आपरेशन करवा लो; यानि नसबन्दी... समझे! तुम कहोगे तो मैं तुम्हारी मदद कर दूँगा मेरे जानने वाले एक डाक्टर हैं।''

वह कुछ बोला नहीं, चुपचाप चला गया। मेरा मन इसी उधेड़बुन में पड़ा रहा कि आखिर इन बच्चों की क्या गलती है जो रमेश रिक्शा वाले के घर आये। रमेश आई0ए0एस0, रमेश उद्योगपति या रमेश मंत्री के घर क्यों पैदा नहीं हुए। अगर ये वहाँ होते तो आज इनकी इज्जत क्या होती। शायद किसी बड़े हॉस्पिटल के आई0सी0यू0 में बड़े डॉक्टर की देख-रेख में होते। यह मासूम क्या जानता है कि वह किसी साठ गुणा चालीस के प्लॉट में चादर की झोपड़ी में खुले आसमान के नीचे इस ठंढ में बिना दवा-दारू के पड़ा है। क्या ऐसा नहीं हो सकता, सबको एक समान सुविधा मिले और कोई भेदभाव न हो।

मेरी पत्नी शायद मेरे मन के अन्तर्द्वन्द्व को समझ रही थी। बोली- ''ज्यादा दिमाग न लगाओ, किडनी पर जोर पड़ेगा; तुम्हारे बस की बात नहीं है। यह कभी नहीं हो सकता कि सबको एक समान सुख-सुविधाएँ मिलें। यह अमीर-गरीब, ऊँच-नीच सदियों से है और आगे भी रहेंगे, इस दूरी को मिटाया नहीं जा सकता, हाँ बस थोड़ा कम किया जा सकता है। यह मैं नहीं हमारा समाज हमारी सभ्यता, और हमारी संस्कृति कहती है, जिसकी तुम दुहाई देते हो।

यह उस अदृश्य शक्ति का बनाया नियम है, जिसे हम देख नहीं सकते। यह वही जानता है कि किन दो विपरीत लिंगों के मिलने से कौन सा जीव कहाँ और कब पैदा होगा, और समय पूरा होने पर कब उसे वापस बुला लेना है; इसलिए लेखक महोदय, अपना दिमाग साहित्य समाज लेखन में लगाइये; उस रचनाकार की रचना और लेखन को कुतर्क से मत जोड़िए। जिस दिन आप उसके गूढ़ रहस्य को समझ जायेंगे उस दिन आप उसी में विलीन हो जायेंगे, फिर सोचने और लिखने को शेष नहीं रहेगा।''

''मेरे दिमाग में एक बात आती है आभा! शायद तुम्हें बचकानी लगे; मान लो अगर रमेश नसबन्दी करवा लेता, तो यह आने वाला बच्चा कहीं और किसी अच्छे खानदान में पैदा होता या फिर हो सकता है किसी पागल औरत के पेट से पैदा होता... इसका मतलब यह हुआ कि इसमें किसी ईश्वरीय शक्ति का कोई विशेष योगदान नहीं है।''

''नहीं, ऐसी बात नहीं, क्यों नहीं है योगदान! अगर दो विपरीत लिंगी मिलेंगे ही नहीं, या उनके मिलने की प्रक्रिया में व्यवधान आयेगा तो जीव निर्माण कैसे होगा? इसका आशय यह हुआ कि अगर हम अपनी प्रजनन क्रिया पर अंकुश लगायें तो सारी समस्याएँ स्वतः कम हो जायेंगी। सारी समस्याओं का मूल है बढ़ती जनसंख्या। बड़े-बड़े संगठन, राजनीतिज्ञ और समाज सुधारक झूठ में ही ऊँच-नीच, जाति-धर्म और सम्प्रदाय के लिए लड़ते-झगड़ते रहते है। इन्हें तो मिलकर अमीर-गरीब की खाई को कम करने के लिए संघर्ष करना चाहिए। सीधी सी बात है जब हम संतुलन में रहेंगे तो उपलब्ध प्राकृतिक एवं भौतिक सम्पदा को समान रूप में भोग सकेंगे।''

''मगर एक अपने देश को ही देख लो; नसबन्दी और परिवार नियोजन के चक्कर में कितनी सरकारें आयीं और चली गयीं, लेकिन लोगों के प्रजनन में अंकुश नहीं लगा। देश आजाद हुए लगभग सत्तर वर्ष हो गये हैं, पर आज तक इस देश में कोई समसामायिक रणनीति नहीं बन सकी। इसका मुख्य कारण है राजनैतिक परिपक्वता का आभाव, दोहरी नागरिक प्रणाली और शिक्षा का आभाव; जिसे हमारे नीति निर्धारक सही ढंग से लागू नहीं होने देते। अगर कोई कोशिश भी करता है तो उसकी आवाज को दबा दिया जाता है। सुनो आम आदमी! बहुत हो गया, छोड़ो इन सब बातों को अब जाओ तैयार हो जाओ, कुछ नाश्ता करके अपनी दवा खा लो... तुम्हारे सोचने से कुछ नहीं होगा। बहुत ज्यादा होगा लिखकर भूल जाओगे। कोई छापेगा भी नहीं इस फालतू बकवास को; भूल जाओ, जाओ नहाओ, ऑफिस जाना है।''

डॉक्टर की दवा

महादेवा पी.एच.सी पर काम करते हुए डॉ.बी.पी.मिश्रा को लगभग दस वर्ष हो गए थे। कस्बों की पी.एच.सी यानी प्राइमरी हेल्थ सेंटर का बड़ा बुरा हाल होता है। डॉक्टर किसी भी चीज का विशेषज्ञ क्यों न हो, उसे वहाँ हर बीमारी का इलाज करना ही पड़ता है। डॉ. मिश्रा भी हर फन में माहिर थे। काफी दिनों से वहाँ रहने के कारण आस-पास के लोगों में खासे चर्चित थे, हों भी क्यों नहीं, सरकारी विभाग के बिल्कुल उलट थे। कोई मरीज उनके दरवाजे से वापस नहीं जाता था। उसे यथाशक्ति जो इलाज, सहायता दे सकते, दे देते। एक बाबू, ए.एन.एम., फार्मासिस्ट, आशा और एक चपरासी; कुल मिलाकर छह-सात लोगों का स्टाफ था। कभी किसी को कोई शिकायत नहीं हुई। अगर किसी को शिकायत थी तो वह डॉक्टर साहब की पत्नी सुधा को, जो शादी के दस साल बीत जाने

के बाद भी माँ नहीं बन पायी थीं। अक्सर इसी बात को लेकर पति-पत्नी में नोक-झोंक हो जाया करती थी। आज भी डॉक्टर साहब के घर लौटने के बाद उनकी पत्नी बच्चों की चर्चा करके उलझ पड़ीं। डॉक्टर मिश्रा इस अनायास चर्चा से उखड़ गये।

''कितनी बार समझा चुका हूँ तुम्हें, तुम माँ नहीं बन सकती।'' फिर डॉक्टर मिश्रा खुद को सयंत करते हुए बोले- ''देखो सुधा, इसमें मेरी क्या गलती है?

सुधा बिफर पड़ी- ''क्या करूँ, मैं एक औरत हूँ; जब छोटे-छोटे बच्चों को देखती हूँ तो कलेजा ममत्व से भर उठाता है; समाज के ताने अलग से सुनने को मिलते हैं।''

डॉक्टर ने कहा- ''मत परेशान हो; जो ऊपर बैठा है वो बड़ा कारसाज है, वह किसी को दुःख नहीं देता; उस पर विश्वास रखो, उसने हमारे लिए जरूर कुछ अच्छा सोचा होगा। ...अच्छा अब छोड़ो इन बातों को, आओ चलें। बहुत दिन हो गये तुम्हारे साथ कोई पिक्चर देखे! ए.एन.एम बता रही थी पास के कस्बे में जो थियेटर है उसमें अमिताभ की एक फिल्म लगी है। बता रही थी अच्छी फिल्म है।'' सुधा न चाहते हुए भी डॉक्टर साहब के इस प्रेम अनुग्रह को ठुकरा न सकी।

* * *

इवनिंग शो होने के कारण लौटते वक्त अँधेरा हो गया। गाँव-कस्बे में वैसे भी लोग सात-आठ बजे तक खाना-पीना करके सो जाते हैं। इक्का-दुक्का लोग कभी-कभार दिख जाते हैं। रास्ते अक्सर सुनसान ही रहते हैं। बिजली जिस दिन आ जाए, दिवाली होती है। जैसे ही गाड़ी सहित डॉक्टर मिश्र अपने कैम्पस में घुसे, दूर से ही उनके सरकारी आवास के सामने टार्च की रोशनी में तीन-चार लोगों को

खड़े देखकर वह समझ गए कि कुछ अनहोनी हो गयी। सुधा तो फिल्म के पात्रों में ही खोयी रही। गाड़ी रोकते ही डॉक्टर साहब को कराहने की आवाज सुनाई दी। गाड़ी से उतरते ही इंस्पेक्टर यादव ने डॉक्टर साहब से हाथ मिलाया।

"इंस्पेक्टर साहब, इतनी रात को!" प्रश्न किया डॉक्टर ने।

"क्या बताएँ, यह शिवनंदन चमार है और ये उसकी औरत। दोनों में किसी बात पर झगड़ा हुआ, फिर दोनों ने घर में रखी चूहे मारने की दवा खा ली। शिवनंदन तो वहीं मर गया; इसकी साँस चल रही है और ऊपर से ये पेट से है। पास-पड़ोस के लोगों ने बताया, सात-आठ महीने का बच्चा है... अब इनकी ज़िन्दगी आपके हाथों में है, इन्हें बचाइये।"

"ठीक है, मैं कोशिश करता हूँ।" कहते हुए डॉक्टर मिश्रा ने चपरासी को तुरन्त कमरा खोलने को कहकर सुधा से गरम पानी लाने को कहा। सिपाहियों और चपरासी की मदद से उस महिला को बेड पर लिटाया गया। मुआयना करने के बाद वो समझ गए कि यह औरत अब बचेगी नहीं, फिर भी उन्होंने यथासंभव बचाने के लिए जो कुछ भी बन पड़ा किया। उसके बाद अपनी पत्नी के साथ उस महिला के पेट में पल रहे बच्चे को बचाने में जुट गए। एक जोर की हिचकी के साथ बच्चा बाहर आ गया और महिला सदा के लिए सो गयी। बच्चा जोर-जोर से रोने लगा। डॉक्टर साहब ने उसे उठाया तो वह लड़की थी।

इन्स्पेक्टर ने पूछा- "सब ठीक तो है डॉक्टर साहब..?"

"नहीं यादव जी, हम महिला को नहीं बचा सके; बहुत देर हो गयी थी, हाँ! बच्ची पैदा हुई है।"

''यह तो बहुत बुरा हुआ डॉक्टर साहब! बाप पहले ही मर गया और अब माँ भी नहीं रही। इस बच्ची का और कोई है नहीं, कहाँ जायेगी ये!''

बच्ची थी कि चुप होने का नाम ही नहीं ले रही थी। डॉक्टर साहब ने हाथ धुलने के बाद बच्ची को कपड़े में लपेटा और गोद में उठाया तो वो और जोर-जोर से रोने लगी। इधर पुलिस वाले पंचनामे की कार्यवाही में व्यस्त हो गये।

डॉक्टर साहब ने सुधा से कहा- ''इसे पकड़ना; मैं इंस्पेक्टर यादव से पोस्टमार्टम और पंचनामे की बात करके आता हूँ।''

सुधा ने बच्ची को गोद में लेकर जैसे ही छाती से लगाया वह चुप हो गयी। डॉक्टर मिश्रा जाते-जाते ठहर गये। मुड़कर सुधा की ओर देखा और आगे बढ़ गये। कानूनी कार्यवाही करने के बाद वापस आये और बोले, 'सुधा, ऊपर वाले ने तुम्हारी गोद भर दी।'

''हाँ भाभी जी! जो होना था वो हो गया।'' इंस्पेक्टर यादव बोले। ''देखिए कैसे चुपचाप आपकी गोद में सो रही है, जैसे वर्षों से आप को जानती हो; आप इसे अपने पास ही रख लीजिए।''

''नहीं-नहीं भाई साहब, मैं ऐसा नहीं कर सकती; यह उस औरत की बेटी है, समाज और लोग क्या कहेंगे... कि एक ब्राह्मण हो के चमार की बेटी को गोद ले ली... इसकी जाति और हमारी जाति में बहुत अंतर है।''

''कोई अंतर नहीं है सुधा!'' तेज आवाज में इस बार डॉक्टर मिश्रा बोले। ''अगर मैं ये सोचकर सबका इलाज करता कि वो किस जाति-धर्म का है तब तो कुछ भी नहीं कर पाता, और जाने कितने लोग दम तोड़ देते। एक डॉक्टर सबको समान रूप में इलाज और

दवा देता है, वह भेद भाव नहीं करता। ...डॉक्टर सिर्फ डॉक्टर होता है और दूसरी बात, जब हमारी प्रकृति, हवा, पानी, मिट्टी, अनाज, सब्जी, फल आदि किसी भी चीज में भेदभाव नहीं रखती तो इंसान क्यों! यह सब हम इंसानों द्वारा समय-समय पर बनाए गए स्वार्थ के नियम हैं।''

"बच्चा जब पैदा होता है तो सिर्फ बच्चा होता है; उसका कोई जाति-धर्म नहीं होता। जिस माहौल-संस्कार में पल-बढ़ जाए वही उसकी पहचान होती है। कभी तुमने सोचा है, राम, कृष्ण, बुद्ध, पैगम्बर साहब, ईसा मसीह और गुरुनानक ने अपने नाम के आगे कोई जाति सूचक शब्द या संबोधन क्यों नहीं लगाया! नहीं न... तो यह हमारे तुम्हारे बनाए नियम हैं, छोड़ो इन बातों को। ऊपर वाले ने शायद तुमको इसीलिए माँ नहीं बनने दिया क्योंकि तुम और मैं इस बच्ची के माँ-बाप बनने वाले थे... आज से उसकी वही पहचान जो हमारी है।

आँखें आँसुओं से भरते हुए सुधा ने कहा- ''ठीक कहते हैं आप थोड़ी देर के लिए मैं इंसानियत के रास्ते से भटक गयी थी। आज से यह मेरी बेटी है; वैसे भी बेटियों की कोई जाति नहीं होती।''

स्वाभिमान की चेतना

बात उन दिनों की है जब कीर्ति ग्रेजुएशन कर रहा था। वो लखनऊ में एक किराए के मकान में अपने रूम पार्टनर के साथ रहता था, जो आई.ए.एस. की तैयारी कर रहा था। कीर्ति, पढ़ाई के साथ-साथ रंग-मंच से भी जुड़ा था। एक दिन उसके एक नाटक का रवीन्द्रालय में शो होना था। कीर्ति बड़े जोश में अपने रूम पार्टनर अमित से बोला- ''यार! आज मेरे नाटक का शो है, ये ले तू उसका पास और शाम को आना जरूर।''

अमित अनमना सा बोला- ''ठीक है, उधर रख दे; समय मिलेगा तो जरूर आऊँगा।''

''अरे यार, तू तो ऐसे बात कर रहा है जैसे अभी आई.ए.एस. हो गया; तेरे पास समय ही नहीं है... चुपचाप चले आना!'' कीर्ति ने

धमकाते हुए, मगर प्यार से उससे कहा, साथ ही अपनी स्क्रिप्ट और कपड़े लेकर निकल गया।

* * *

ठीक सात बजे नाटक शुरू हुआ। कीर्ति ने अपना सीन किया और गैलरी में आकर परदा हटाकर हाल में देखने लगा, मगर उसे अमित कहीं नहीं दिखा। नाटक ख़त्म होने के बाद कीर्ति जल्दी-जल्दी अपने कमरे पर पहुँचा और अमित से शिकायती लहजे में पूछा- "तू आया नहीं!"

अमित बोला- "क्या करता आकर? दो घंटे बर्बाद करने से अच्छा था कि मैं पढ़ लेता।"

"अरे यार! इतने दिनों रिहर्सल की, मेहनत की, तब जाकर तालियाँ मिलीं, और तू मेरा यार होकर देखने नहीं आया?" कीर्ति बोला।

"क्यों! तू कौन सा राजेश खन्ना है... देख मैं कहता हूँ छोड़ दे यह सब; लोग इसे अच्छी निगाहों से नहीं देखते। जो लोग नौटंकी करते हैं किसी काम के नहीं होते है।"

उसकी ये बातें कीर्ति को बहुत बुरी लगीं पर वो मन मसोस कर रह गया, लेकिन अमित मानने वाला कहाँ था, उसने आगे कहा- "देख मेरी बात मान, और मेरी तरह तू भी सिविल सर्विसेज की तैयारी शुरू कर दे।"

"मैं सिविल सर्विसेज की तैयारी क्यों करूँ? मैं तो वही करूँगा जो मैंने सोच रखा है।"

अमित तुरंत बोला- "तू क्या सिविल सर्विसेज की तैयारी करेगा; तू इस लायक है ही नहीं!"

कीर्ति का चेहरा लाल हो गया- ''मानता हूँ, तूने आई.ए.एस. प्री क्वालीफाई कर लिया है, पर इसका मतलब ये नहीं कि तू बहुत बड़ा ज्ञानी है और मैं नाटक करता हूँ तो अनपढ़ हूँ। ऐसा नहीं कि मैं कर नहीं सकता, पर मैं यह करना ही नहीं चाहता और तुझे भी इतना घमंड शोभा नहीं देता।''

''क्यों न हो घमंड... तू इसको आसान समझता है? मैं तुझसे कहता हूँ छोड़ यह सब... तू मुझे एक सरकारी नौकरी पास करके दिखा दे, तब मैं समझूँगा तू कुछ भी कर सकता है।''

यह बात कीर्ति को दिल में अन्दर तक भेद गयी। उस दिन उसने मन ही मन निश्चय किया कि वो अपनी ही फील्ड में सरकारी नौकरी करके दिखायेगा।

* * *

समय बीतता रहा। पोस्टग्रेजुएट के बाद उसने एडमिनिस्ट्रेशन में डिप्लोमा किया। रंग-मंच भी साथ-साथ चलता रहा। कीर्ति को रह-रहकर अमित की बात याद आती कि 'तू सरकारी नौकरी कर के दिखा, नाटक करने वाले किसी काम के नहीं होते।'

उन्हीं दिनों कीर्ति को लोक सेवा आयोग का एक विज्ञापन दिखा, जिसके अनुसार सरकारी विभाग में गीत एवं नाट्य अधिकारी की जरूरत थी। कीर्ति ने वह फ़ार्म भरकर भेज दिया और उसकी तैयारी में जी जान से जुट गया। तीन महीने बाद उसे आयोग से एक पत्र आया जिसमें लिखा था फलाँ तारीख को आप लिखित और साक्षात्कार हेतु उपस्थित हों।

डरते-डरते वो निर्धारित तिथि को लोक सेवा आयोग के कार्यालय पहुँचा। औपचारिकताएँ पूरी करने के बाद करीब एक घंटे

तक उसका साक्षात्कार हुआ। सदस्यीय बोर्ड ने लगभग हर तरह के सवाल पूछ डाले। एक महीने बाद कीर्ति को पत्र प्राप्त हुआ कि उसका चयन उक्त पद हेतु कर लिया गया है।

पत्र पढ़ते ही उसकी आँखों के सामने अमित का चेहरा और उसकी बातें उसके कानों में गूँज उठीं। उसकी आँखे भीग गयीं। मन ही मन बुदबुदाया 'देख मेरे दोस्त, मैंने आज अपने ही क्षेत्र में अपना पद पा लिया!' और फफक पड़ा। 'जा खुश रह मेरे दोस्त! तूने मेरे अन्दर स्वाभिमान की चेतना जगाई; अगर तू ऐसा न करता तो शायद मैं आज इस मुकाम पर न होता।'

डीप हग

एक सामान्य सा दिखने वाला इंसान अपने अन्दर कितने सागर लिए घूमता रहता है, और हर सागर की अपनी लहरें हैं, जो अन्दर ही अन्दर उसको उद्वेलित करती रहती हैं, पर बाहर से दिखता कितना शांत है। ऐसे ही एक इंसान हैं हमारे मिश्रा जी। उम्र है अड़तालीस वर्ष, पेशा नौकरी, सामन्य कद-काठी की घरेलू पत्नि और 'हम दो हमारे दो' को चरितार्थ करते दो बच्चे। उम्र ये ही कोई बनने बिगड़ने की। सुबह उठना, दैनिक कार्य के बाद खाली पेट गैस वाली गोली से शुरूआत, एक गिलास पानी, दो बिस्कुट और चाय के लिए आवाज दें, उससे पहले पत्नि लाकर रख देती है। पेपर उल्टा-पुल्टा; मतलब की कोई बात मिली तो ठीक, नहीं तो समाज को कोसते हुए आगे बढ़ लिए।

बच्चे अपने-अपने स्कूल कॉलेज के लिए निकल गये। रह गये पत्नि और पति। मन किया तो डीप हग, नहीं तो नहाने के बाद नाश्ता; फिर अपनी जेट स्कूटी से ऑफिस के लिए चल दिये। जब कि घर में कार शोभाएमान है, पर नहीं... वो कभी-कभी तीज त्यौहारों पर ही निकलती है, वो भी बन ठन के।

एक दिन तो काम वाली बाई ने कह दिया मिश्राइन से- ''जब से आयी हूँ, देख रही हूँ, ये नई-नवेली दुल्हन की तरह सजी-सँवरी बैठी रहती है; अरे इसे कभी हनीमून के लिए घुमाने-फिराने भी ले जाओ... कि गाँव की बहुरिया की तरह सजा के घर में ननद-सास की तरह घूँघट उठा के मुँह दिखाई ही करती रहोगी! कभी देखा नहीं इसको अपने रंग में चलते हुए; बैठे-बैठे जंग लग जायेगी इसे।''

''चुप कर! बहुत बोलती है।'' डाँटते हुए मिश्राइन ने कहा। ''बहुत जबान चलने लगी है तेरी; तू क्या जाने मोटर गाड़ी कैसे चलती है, कितना खर्च आता है... पानी से नहीं चलती, पेट्रोल डीजल पड़ता है, समझी!''

''हाँ... हाँ... जानती हूँ, मेरे ननद का मरद है न, वो चलाता है ये गाड़ी। बता रहा था चालीस हजार में सेकेण्ड हैंड खरीदा था; गैस से चलती है। साहब मेम साहब लोगों को चलाना सिखाता है।''

सुनकर मिश्राइन चुप रह गयीं। ''जा... जाकर अपना काम कर।'' बोलती हुई चली गयीं रसोई में।

इधर मिश्रा जी ऑफिस में अपने चर्चा ज्ञान में व्यस्त थे। उनके ऑफिस में कोई काम नहीं है। जबसे सी.बी.आई. वालों ने भ्रष्टाचार की जाँच की, तब से कोई उच्च अधिकारी काम करने का जोखिम

नहीं उठाता। ऐसे में नीचे के अधिकारी और कर्मचारी बस ग्यारह बजे लेट-लतीफ़ आना और शाम पाँच बजे घर जाना, बस यही काम है। बैठकर देश-दुनिया की चर्चा, चाय पर चाय आई... फिर लंच समय से हो गया। कभी-कभार एकाध पत्र आ गया तो बस कोशिश यही कि जवाब न देना पड़े। शुरू हो जाती है टाल-मटोल; लेकिन अगर बात सैलरी और नौकरी पर आई तो, फिर सारे कामचोर इकट्ठा हो जाते हैं। इन्क्रिमेंट कितना मिलना है, भत्ता कितना होगा, कैसे कह दिया उन्होंने नौकरी ले लूँगा, आप कर्मचारियों से दबाव में काम नहीं ले सकते...। बस हो गई शुरू यूनियनबाजी, धरना प्रदर्शन। बैठे-ठाले।

लेकिन मिश्रा जी इन सब से दूर आजकल न जाने मन ही मन क्या खिचड़ी पकाया करते हैं। कोई समझ नहीं पा रहा है। चेहरे पर अजीब सी रौनक है, पर गम्भीर और शांत दिखने की कोशिश। मिश्राइन रह-रहकर उनको निहार लेती हैं, पर उनकी छठी इन्द्रिय भी समझ नहीं पा रही है कि आखिर माजरा क्या है। करैले सा मुँह बनाये रहने वाला आदमी, फेयर एण्ड लवली की तरह मुस्कराता हुआ दिख रहा है। अभी पे कमीशन भी नहीं लागू हुआ कि तनख्वाह बढ़ गयी हो। प्रमोशन भी नहीं हुआ, तो आखिर बात क्या है! ये प्रश्न मिश्राइन को चैन से जीने नहीं दे रहा है।

वैसे मिश्राइन की नजरों से कुछ छिपा नहीं रह सकता, पर इस बार मामला उजागर नहीं हो पा रहा है कि वो अपने ससुराल, मायके की भड़ास निकाल सकें मिश्रा जी पर। कहीं ऐसा तो नहीं फिर शुरू कर दिया घर पैसा भेजना और सोच रहे हों कि मुझे पता नहीं है।

मिश्राइन ने काम वाली बाई को बुलाते हुए कहा- ''शांति, इधर

आ! एक बात बता; क्या तुझे भी लगता है, साहब आजकल कुछ बदले-बदले से रहते हैं!''

''हाँ मेम साहब, सही कहा आपने! वही मैं कहूँ... साहब आजकल बहुत खुश रहते हैं, क्या बात है?''

''अरे बेवकूफ मुझे मालूम रहता तो तुझसे पूछती?''

''और तो और मेम साहब, आजकल साहब बच्चों को भी नहीं डाँटते; पहले तो जब देखो- 'पढते नहीं', 'दिन भर टी.वी.', 'मोबाइल कम्प्यूटर, बस यही जिन्दगी बन गयी है तुम्हारी....! बोला करते थे, और आजकल मैं देखती हूँ कि खुद कम्प्यूटर पर बैठकर पता नहीं क्या किया करते हैं।''

''अरे तू नहीं समझेगी! वो अपनी कविता कहानी लिखा-पढ़ा करते हैं फेसबुक पर।''

''लेकिन मेमसाहब, उस पर तो आदमी औरत सब बातें करते हैं एक दूसरे से!''

''बड़ी जानकारी है तुझे!''

''हाँ वो बगल वाली मेम साहब हैं न, सरदार जी की बीवी... वो भी दिन भर बैठी रहती हैं कम्प्यूटर के सामने; बातें किया करती हैं, वो ही बता रही थीं।''

''अच्छा! और क्या-क्या बता रही थीं?''

''कुछ नहीं... बस यही कह रही थीं कि क्या करें... सरदार जी काम से छह-छह महीने बाहर रहते हैं; बच्चे हॉस्टल में... बैठे-बैठे बोर हो जाती हूँ.. बातें कर लेती हूँ लोगों से तो मन बहल जाता है, समय भी कट जाता है।''

''उसके चक्कर में न रहना; उसे औरतों से ज्यादा मर्दों से बातें करने में मजा आता है, समझी।''

''एक बात कहूँ मेमसाहब, बुरा तो नहीं मानेंगी?''

''नहीं, नहीं बोल, क्या कहना चाहती है?''

''कहीं साहब भी तो किसी मेमसाहब के चक्कर में नहीं पड़ गये हैं?''

''तेरा दिमाग खराब हो गया है; कुछ भी बोल देती है उल्टा सीधा! अरे कुछ भी हो, तेरे साहब ऐसा नहीं कर सकते।''

''ऐसा मत कहो मेमसाहब, मर्दों और घोड़ों का कोई ठिकाना नहीं होता!''

''उम्र देखी है साहब की?''

''दइया रे दइया, ये ही उम्र तो और खतरनाक होती है; कहते हैं जवानी दो बार आती है! एक लड़कपन बीतती है उसके बाद, और दूसरी बुढ़ापा शुरू होने से पहले... बीच में तो आदमी झंझटों में झूलता रहता है।''

सुन कर मिश्राइन का माथा ठनक गया। 'क्या ये सही कह रही है? कहीं ऐसा हो गया तो! नहीं मिश्रा जी ऐसा नहीं... नहीं ऐसा नहीं हो सकता.. पर कौन जाने उस सीधे-साधे दिखने वाले इंसान के मन में क्या चल रहा है। कहीं सही हुआ तो! मैं क्या करूँगी? दो बच्चे... नहीं-नहीं मैं ऐसा नहीं होने दूँगी।'

''एक कप चाय देना।'' कम्प्यूटर पर बैठे-बैठे मिश्रा जी ने आवाज दी! 'स्याला ये मसला हल करना ही पड़ेगा।' मिश्रा जी

बुदबुदाए।

''कौन सा मसला? मैं भी तो सुनूँ!''

''तुम चाय लाओ, तुम्हारे बस की बात नहीं है; बल्कि तुम तो और उलझा दोगी।''

''अरे भाई! मैं भी तो देखूँ कौन सा मसला है, जो हल नहीं हो रहा है।''

''अच्छा चाय लेकर आओ बताता हूँ।''

''यूँ गयी और यूँ आई चाय लेकर।''

''ये लो चाय, और बताओ क्या बात है!''

''कुछ नहीं; इस औरत ने जो पोस्ट की है फेसबुक पर कि 'सारे धर्म कहते हैं प्यार महान है, फिर दुनिया में क्यों बदनाम है।' अब इसको कौन समझाये प्यार की परिभाषा।''

''अच्छा! तो आप प्यार की परिभाषा समझा रहे हैं; वही मैं कहूँ कि आजकल दाँत बहुत निपोर रहे हो... क्या बात है... बात-बात पर डीप हग करना चाहते हो।''

''अरे! तुम तो तिल का ताड़ बना देती हो; मैं क्या कर रहा हूँ...! एक लेखक होने के नाते उसकी और अपनी जिज्ञासा शांत कर रहा हूँ; देखो ये देखो...।''

''अरे ये कौन है...?'' अचानक स्क्रीन पर एक खूबसूरत चेहरा उभरा...।

''ये कौन है?''

''मित्र है।''

''तुम्हारी?''

''मैं नहीं जानता; शायद किसी ने फ्रेण्ड रिक्वेस्ट भेजी है, रुको देखता हूँ।''

''रुको-रुको...!'' मिश्राइन बोल पड़ीं। ''कुछ जाना पहचाना चेहरा लगता है; अरे ये तो अनुराधा है... अब समझ में आया तुम्हारे लवली एण्ड फेयर चेहरे का राज। बंद करो इसे नहीं तो तोड़ दूँगी, वही मैं कहूँ, क्यों आते ही बैठ जाते हो इसके सामने; घण्टों नहीं उठते... उठोगे कैसे, पुरानी प्रेमिका जो मिल गयी है।''

''तुम गलत समझ रही हो।''

''चुप रहो! मेरी नजरों से तुम बच नहीं सकते। शक तो मुझे पहले ही था, पर सबूत नहीं था। अब देखो मैं क्या करती हूँ, तुम्हारा और तुम्हारे खानदान का... इश्क का भूत सवार है तुम पर, सारा उतार दूँगी।''

''चुप रहो, क्या फालतू बकवास करती हो, शर्म आनी चाहिए! दो-दो बच्चों की माँ हो; बच्चे भी बड़े हो गये हैं, क्या सोचेगें हमारे बारे में!''

''मेरे बारे में नहीं, तुम्हारे बारे में सोचेंगे, कि उनका बाप कितना घटिया और अय्याश किस्म का है।''

''लगाम दो अपनी जबान को... बहुत हो गया; जो मन आ रहा है बोले जा रही हो।''

''हाँ-हाँ बोलूँगी! क्यों, सच कडवा लग रहा है?''

''बस बहुत हो गया, नहीं तो हाथ उठ जायेगा हमारा।''

"मारो... मारो...! तुम तो यही चाहते हो लड़ाई झगड़ा हो, बात बढ़े और तलाक हो, ताकि तुम गुलछर्रे उड़ा सको उस चुड़ैल के साथ; लेकिन मैं भी छोड़ने वाली नहीं हूँ... मैं आज ही सब बच्चों को बताती हूँ कि उनका बाप क्या करता है।"

अचानक मिश्रा जी ये सुनते ही शांत हो गये और पास जाकर बोले- "देखो ऐसा कुछ नहीं है, तुम्हारी कसम।"

"झूठ बोलते हो तुम, मुझे मारना चाहते हो!"

"ये सच है कि शादी से पहले हमारा प्रेमसंबध था; हम एक दूसरे को चाहते थे, पर देखो मैंने खुद बताया था तुम्हें, अपने सुहागरात वाले दिन, ताकि कोई कुछ कहे तुमसे, उससे पहले मैं तुमको बता दूँ, जिससे कोई गलतफहमी न रहे और तुमने भी तो सच सुनकर मुझे सराहा था; तो आज ऐसा क्यूँ?"

"नहीं-नहीं, तुम मर्दों का क्या भरोसा! शांति कह रही थी, घोड़े और मर्दों का कोई समय नहीं होता और पूरी जिन्दगी में दो बार जवानी आती है। एक लडकपन के बाद, दूसरी बुढ़ापा के पहले... इस वक्त तुम्हारी उम्र वही है।"

मिश्रा जी ने सर पीटते हुए कहा- "शान्ति से तो बाद में निपटूँगा... देखो मैं अपने बच्चों की कसम खाता हूँ, तुम जो समझ रही हो ऐसा कुछ नहीं है।" पर मिश्राइन थीं कि टस से मस नहीं होना चाहती थीं अपने अडिग विश्वास से।

मिश्राजी के घर का माहौल भारत-पाकिस्तान बार्डर की तरह, त्यौहारों पर मिठाई की अदला-बदली और सीज फायर का उल्लंघन वाला हो गया था। मौका पाते ही दोनों पक्ष एक दूसरे पर वार करने से नहीं चूकते। बच्चों की स्थिति नो मेन्स लैंड में नेपाल की तरह हो

गयी; जहाँ चीन जैसे पड़ोसी अपनी हमदर्दी दिखा रहे हैं। और अंत में मुद्दा संयुक्त राष्ट्र संघ (मिश्रा जी के माँ-बाप) के पास पहुँच गया। वहाँ से फरमान जारी हुआ कि, 'ये आप दोनों का व्यक्तिगत मामला है; बच्चों अर्थात अपनी प्रजा का ध्यान रखते हुए शान्ति समझौता कर मसले का हल कर लिया जाये।' अब तो मिश्रा जी का छप्पन इंच का सीना छत्तीस इंच का भी न रहा। दिन-प्रतिदिन मामला गम्भीर होता जा रहा था।

तभी एक दिन घर की कॉलबेल बजी। आदतन मिश्राइन ने गेट खोला। सामने अनुराधा को देखकर मिश्राइन चौंक पड़ीं, ''तो तुम यहाँ तक चली आयी, मेरे घर पर कब्जा करने! तुम्हारी इतनी हिम्मत।''

आवाज सुनकर मिश्रा जी दौड़े हुए बाहर आये। मामला शान्त कर दोनों को अन्दर लाये। डाँटते हुए बोले ''चुप रहो। कभी अक्ल से भी काम लिया करो; दरवाजे पर क्यों तमाशा बना रही हो, घर में चल कर बात करो।''

बड़बड़ाते हुए मिश्राइन अन्दर आ गईं; पीछे से अनुराधा भी आयीं। बच्चे किंकर्तव्यविमूढ़ बस देखते रहे। मिश्रा जी ने सोफे पर बैठते हुए अनुराधा को बैठने के लिए कहा, साथ ही मिश्राइन को आवाज दी। झनकते-पटकते वो उपस्थित हो गयीं। ''अब बताईये आप कैसे आई हैं?'' प्रश्न किया मिश्रा जी ने।

''आई क्या है; दिखता नहीं, घर पर कब्जा करने; और बुलाया भी तो तुमने ही है, अंजान क्यों बनते हो!''

''आप चुप रहिए; कुछ भी बोले जा रही हैं...! ये जानना जरूरी नहीं कि किसने बुलाया है... जरूरी है कि क्यों बुलाया है।'' अनुराधा बोल पड़ीं।

आप पढ़ी-लिखी होकर भी नासमझों वाली बात करती हैं। आप को अपने पति पर विश्वास नहीं है; सच है, हम कभी एक-दूसरे को चाहते थे, पर इसका मतलब ये तो नहीं कि हमें आज अपनी जिम्मेदारी का एहसास नहीं है। मैं भी शादीशुदा हूँ, मेरे भी बच्चे हैं, पति हैं, पर वो तो ऐसा नहीं सोचते, और न ही, आपके पति आप के बारे में ऐसा सोचते हैं, फिर आप कैसे कह सकती हैं कि हमारे बीच कोई गलत संबध है; और एक काम वाली के कहने पर आप इतना बवाल कर रही हैं कि ऐसा हो सकता है। सच तो ये है कि आपकी शादी के बाद हम आज मिले हैं, वो भी आप के बच्चों के कहने पर... उन्होंने फेसबुक के माध्यम से मुझे सारी बातों से अवगत कराया और रिक्वेस्ट किया कि उनके मम्मी-पापा के बीच गलतफहमी को दूर करके उनके परिवार को बिखरने से बचा लूँ। आप से समझदार तो आप के बच्चे हैं; शर्म आनी चाहिए आप को...!’’

‘‘आप सच कह रही हैं?’’ मिश्राइन बोल पड़ीं।

‘‘आप को विश्वास नहीं हो रहा है! मैं सच कह रही हूँ, वरना मुझे क्या पड़ी थी आप के पास आकर सफाई देने की... पूछ लीजिए अपने बच्चों से।’’

‘‘मैं इनको और आपको धोखा नहीं दे सकती; जानती हैं क्यों? क्योंकि मैं इनसे आज भी प्यार करती हूँ, इसलिए नहीं चाहती कि आप का परिवार बिखरे। मेरे पति इस बात को अच्छी तरह जानते हैं; आप चाहें तो बात कर लीजिए, मैं फोन मिलाती हूँ।’’

‘‘नहीं-नहीं मैं समझ रही हूँ।’’

‘‘तो चलिए मुस्कराइये और चाय नहीं पिलायेंगी! अरे भाई मैं आपके घर पहली बार आई हूँ, वो भी आपके पति की पूर्व प्रेमिका

हूँ।'' सुनकर बच्चे हँस पड़े।

अनुराधा उनसे बातें करने लगीं, तब तक मिश्राइन चाय लेकर आ गयीं। एक अनुराधा की तरफ रखते हुए, दूसरी मिश्रा जी की तरफ बढ़ाते हुए बोलीं- ''लीजिये आप भी।''

अनुराधा अपनी हँसी रोक न सकीं। मिश्रा जी शरमा गये, गालों में डिम्पल पड़ गये। चाय खत्म करते हुए अनुराधा ने कहा, अब 'मैं चलती हूँ।' और मिश्राइन को गले लगाते हुए हाथ पकड़ा तो मिश्राइन, मिश्रा जी की तरफ देखते हुए बोलीं ''सुनिए जी, आप भी डीप-हग कर लीजिए, वरना इनके जाने के बाद आप की आत्मा भटकती रहेगी!'' सब हँस पड़े। आगे बढ़कर अनुराधा ने मिश्रा जी को गले से लगा लिया।

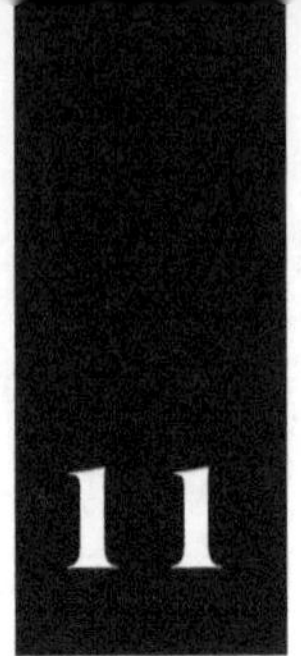

प्रेम का पहला कोण

ऑफिस में सख्त और अनुशासन प्रिय दिखने वाली मैडम सोनाली, फेसबुक पर आते ही कोमल, भावपूर्ण, सहृदय सोनाश्री हो जाती हैं। ऑफिस में विभागीय कार्य के अलावा गीत-संगीत, देश-दुनिया की बातें सुनते ही एक्शन लेने वाली, अच्छी हाइट, सुन्दर नैन-नक्श, बड़ी आँखों के साथ सलोना चेहरा लिए जब वह फेसबुक पर अवतरित होती हैं तो देश, समाज, व्यक्ति, कला, साहित्य, संगीत सब पर खुलकर चर्चा करती हैं और बेबाक राय भी रखती हैं।

मैडम का यह चरित्र आज भी हमारे लिए विश्व की छत्तीस रहस्मयी घटनाओं की तरह है। मेरे लिए ये सैंतीसवीं अनसुलझी घटना है। कभी-कभी तो लगता है कि मैं अलग-अलग जगह पर, दो

महिलाओं को एक शक्ल में देखता हूँ। आज इस संचार की दुनिया में कम्प्यूटर के, कीबोर्ड से उँगलियों से उठा एहसास, भावनाओं की तरंगों को लपेटे, कीबोर्ड से अटैच मॉनिटर के उस पार फेसबुक पर किसी महिला के दिल पर क्या हिलोरें ले रहा है, जान पाना मुश्किल है।

आज ऑफिस में मैडम से फाइल साइन करवाते समय जी में आया कि बता दूँ कि, आप के प्रश्न का जवाब मिल गया है। बोलने ही वाला था, मैडम की आवाज गूँजी ''आजकल ऑफिस के काम में मन नहीं लगता आपका! क्या लिख डाला है आपने फाइल में? ऑफिस और घर को एक बना डाला है! लगता है सोशल मीडिया और फेसबुक कुछ ज्यादा ही असर कर गया है आप के दिमाग पर। दिमाग को ठंढा रखिये; घर और ऑफिस को एक मत कीजिए। आप से ऐसी उम्मीद नहीं थी... ले जाईये फाइल, आगे से ध्यान रहे।''

जी आया कि कह दूँ, 'आप इस लायक छोड़ें तब न! नसीहत तो ऐसे दे रही हैं कि कुछ जानती नहीं। ग्यारह-बारह बजे रात खुद बैठी रहती हैं फेसबुक पर... पोस्ट करती हैं, चैटिंग करती हैं।' पागल बना के छोड़ दिया है इस औरत ने। पर क्या करूँ ..सच कहते हैं अफसर के अगाड़ी और घोड़े के पिछाड़ी कभी नहीं रहना चाहिए, वरना कब लात पड़ जाये, पता नहीं। ''जी मैडम!'' आदतन कहकर फाइल लिए, हारे हुए जुआरी की तरह मुँह लटकाये बाहर चला आया।

अपने केबिन में बैठते ही सामने रखे अपने कम्प्यूटर पर नजर पड़ी। नजर पड़ते ही कम्प्यूटर स्वतः ऑन हो गया। स्क्रीन पर सारे रिकार्ड स्वतः आने लगे। सत्ताइस दिन पहले मेरे फेसबुक की टाइम लाइन पर जो पहला मैसेज दिखा वो सोनाश्री का था, जिसमें लिखा

था, 'प्रेम का पहला कोण क्या है? जवाब तुरन्त दें।' एक बार प्रश्न पढ़कर मैं अचम्भित रह गया। जो आज तक केवल भ्रष्टाचार, महँगाई, शिक्षा, नारी उत्पीड़न, बलात्कार और राजनीति जैसे मुद्दों पर चर्चा करती थी, आज अचानक, लव के फर्स्ट एंगल की बात करने लगी। लगा यह महिला, उम्र के इस पड़ाव पर, समय से पहले ही सठिया गयी है। बात कुछ भी हो पर प्रश्न बहुत अपीलिंग था। 'प्रेम का पहला कोण... जैसे सत्तर और अस्सी के दशक का आर्ट फिल्म का टाइटल हो। तो क्या इन दिनों सोनाश्री उर्फ सोनाली मैडम किसी के प्यार में... नही-नहीं ऐसा नहीं हो सकता। माना कि मैडम का अपने पति से तलाक हो चुका है, पर वो ऐसा नहीं कर सकतीं। फिर उनकी एकलौती बेटी चन्द वर्षों में खुद शादी करने योग्य हो जायेगी। खुल के बातें करना दूसरी बात है। बात तो कोई भी करता है... नहीं बिल्कुल नहीं; अरे ऑफिस में कितना सख्त रवैया है उनका। पर कौन जाने इन महिलाओं को... कहते हैं, समुद्र की गहराई तो नापी जा सकती है, पर इनके मन की गहराई आज तक ऊपर वाला भी नहीं जान पाया।

तो क्या मैं... नहीं-नहीं, कहाँ मैडम और कहाँ मैं... ये मुँह और मसूर की दाल! लेकिन कुछ भी हो, मैडम हैं तो श्रीदेवी और माधुरी का मिला हुआ रूप। एक बार देख लो तो कालेज के दिन याद आ जाते हैं। जी करता है मार दो सीटी, चाहे भले बाद में पिट जायें। क्या-क्या ख्याल आते हैं दिमाग में; लेकिन प्रेम तो दो आत्माओं का मिलन... नहीं ये तो बाद की बात है। प्रेम का पहला कोण एहसास हो सकता है... नहीं जमता। एहसास तब होगा जब चाहत होगी; तो दो जिस्मों के मिलन की बुनियाद क्या है? 'प्रेम तपस्या है।' 'प्रेम त्याग है।' 'प्रेम दुःख है।'

"क्या फालतू की बकवास लिखते रहते हो? मैंने तुमसे सीधा सा प्रश्न किया, प्रेम का पहला कोण क्या है?'' सोनाश्री की झुँझलाहट उनकी इस नई पोस्ट में दिख रही थी। 'हमारे सीधे से सवाल पर तुमने न जाने क्या-क्या पी.एच.डी. कर ली।''

मैं सत्ताइस दिनों से लगातार तुम्हारी फिलास्फी पढ़ रही हूँ। चिंतन करो, दिमाग पर जोर डालो, आत्मा की गहराई में जाओ; मेरी समझ में एक बात नहीं आ रही कि, तुम्हारे जैसे स्वार्थी इंसान को अब तक मेरी बात समझ में क्यों नहीं आई! कुछ भी करो, कल इस प्रश्न का जवाब मुझे चाहिए! ये सोनाश्री का अनुरोध और मैडम का आदेश है, समझे!''

कल जवाब चाहिए! मन किया कि जे.एन.यू. के कन्हैया की तरह जैसे उसने बोला था, मैं भी कम्प्यूटर के मॉनिटर में हाथ डाल कर उनकी गरदन पकड़कर झकझोर दूँ। अरे सोचने का मौका मिले तब न, दिन भर ऑफिस में मरो और शाम को आठ बजे के बाद फेसबुक पर सोनाश्री की चाकरी करो, बकवास सुनो। सोनाश्री के इस प्रश्न ने मुझे फिर परेशान कर दिया। रोमियो-जूलिएट से लेकर, लैला-मजनूँ, हीर-राँझा, सोहनी-महिवाल, कृष्ण-राधा, मीरा से शिव-पार्वती तक सबके प्रेम-प्यार की दुहाई दे डाली, पर सोना जी संतुष्ट होने का नाम ही नहीं ले रही थीं। कभी-कभी लगता, पागल तो नहीं हो गई। मुझे स्वार्थी कहने वाली, कहीं खुद तो नहीं स्वार्थी हो गई? प्रेम पर मेरे सारे विचार लेकर अपना कोई शोध-पत्र तो नहीं पब्लिश करवाना चाहती?

इसी उधेड़-बुन में कि कल जवाब देना है, रात के दो बज गये। बिस्तर पर लेटा। बगल में लेटी अपनी पत्नी को निहार रहा था, कि कितना निश्छल लग रहा है, मासूम सा ये चेहरा सोते वक्त; अगर

कहीं ये जगी होती तो यही चेहरा कुछ और कहता। आखिर क्या हो सकता है प्रेम का पहला कोण?

तभी अचानक पत्नी की आँखें खुलीं। कमरे की लाइट जली देखकर उसने अनमने से पूछा ''क्या बात है, अभी तक जाग रहे हो! सो जाओ।''

''कैसे सो जाऊँ, प्रेम का पहला कोण खोज रहा हूँ!''

सुनते ही वो चौंक गयी। ''पागल हो गये हो! इतनी रात को उल्लू की तरह जागकर प्रेम का पहला कोण खोज रहे हो! चलो सो जाओ, और उसने मुझे पकड़कर अपनी तरफ खींच लिया, और लिपटते हुए बोली- ''अरे बुद्धू, प्रेम का पहला कोण स्वार्थ होता है, आओ मैं तुम्हें समझाती हूँ!'' और उसने मुझे बाँहों में भर लिया।

आज मैं थोड़ी देर से उठा, लेकिन बिल्कुल फ्रेश, तनावमुक्त। रात भर का जागरण और उलझन की शिकन कहीं चेहरे पर नहीं थी। क्योंकि रात मैंने जान लिया कि प्रेम का पहला कोण स्वार्थ है। इंसान को आनन्द चाहिए। आत्मा को सुख चाहिए। प्रेम उसका एक मात्र माध्यम है, और उसकी अनुभूति आत्मा की तृप्ति है। इसलिए प्रेम का पहला कोण स्वार्थ है। जो अपने हित के लिए कल्पनाओं, भावनाओं और एहसास की दुनिया बुनता है, उसी बुने गये जाल में त्याग समर्पण का दाना डालकर, प्रेम रूपी पक्षी को फँसाकर, मानसिक और शारीरिक सम्बन्ध के द्वारा आनन्द और परमानंद की प्राप्ति करता है, जिससे आत्मा रूपी जीव अपनी भूख मिटाता है; क्योंकि ये ध्रुव सत्य है कि उसकी खुराक प्रेम के दोनों रूप, योग और वियोग हैं। जितना वह योग में आनन्दित होती है उससे कहीं ज्यादा वियोग में प्रेम रस का आनन्द लेती है। मानव शरीर तो मात्र पात्र है। हम सब स्वार्थवश प्रेम करते हैं। यही सत्य है। इसमें कोई

मिलावट नहीं हो सकती।

पत्नि द्वारा दिये गये रात्रि ज्ञान ने मेरे बंद चक्षुओं को खोल दिया। ''ये लो अपनी चाय!'' पत्नी ने मेरी तरफ कप देते हुए कहा- ''कहो मेरे तुलसीदास, प्रेम का पहला कोण दिखा?''

''यही अदा तो मुझे तुमसे बेवफाई नहीं करने देती; बस माधुरी दीक्षित की तरह, हम आपके हैं कौन? वाली आह निकलकर रह जाती है।''

''ज्यादा रोमांटिक न बनो मेरे प्रेम पुजारी; बच्चे बड़े हो गये हैं, बालों में कलर लगाने का समय आ गया है।''

''तो क्या हुआ! उन्हें भी तो मालूम चलना चाहिए कि उनका बाप कितना रोमांटिक है।''

''मैं देख रही हूँ तुम आजकल प्रेम-प्यार की बातें कुछ ज्यादा कर रहे हो!''

''क्यों, जलन हो रही है? स्वार्थ उमड़ रहा है?''

''नही-नहीं!'' पत्नि बोली ''वो क्या है, जब गधे को सींग निकलने लगे तो हैरानी होती है। जाओ-जाओ तैयार हो जाओ, सोनाश्री इतंजार कर रही होगी।'' बोलती हुई किचेन में चली गई।

बिआह-बी.ए.

"अम्मा सरस्वतिया से कहि दे, ढेर जिद्द न करे! बाबूजी के दिमाग वैसे बहुत खराब बा। एक त हाईस्कूल और इंटर के रिजल्ट खराब बन गईल बा अपने स्कूल क, ऊपर से एकर चिक-चिक। अरे इ कवनों समय ह पढ़ाई-लिखाई करतिन जिद्द कईला क?"

"ओकरे का बुझाई, जवने स्कूल क पूरे ज्वार में डंका बाजत रहल, आज ओकर इज्जत माटी में मिल गइल। अरे दस साल से कबहूँ अइसन ना की हाई स्कूल और इंटर क रिज्जल्ट नब्बे प्रसेंट से कम बनल होखे। अरे अउर त अउर जवन फेल हो जा उन्हन के भी दूबारा स्कूटनी करा के जर जुगाड़ से पास करा दिहल जा, पर आज का भईल? नेता नगरी क चक्कर में पड़िके बाबू जी गच्चा खा गइलें।"

‘‘ अम्मा! हम कहत रहली मत पड़ीं चक्कर में, ई विधायक-मंत्री के। कुछ ना करी जबले गाँधी जी वाला ललका-पीअरका कागज क टुकड़ा नाहीं पहुँची ओकरा हवेली पर।’’

‘‘नाहीं... तू का जानत बाड़अ काल क लईका, नेता जी हमार पुरान जाने वाला हवें। उनकर सख्त हिदायत बा के पगडंडी इण्टर कालेज की ओर कवनो नजर उठा के नाही देखी।’’

‘‘उ त ठीक बा, पर का भईल, जिला के सगरो शिक्षा विभाग क अधिकारी परीक्षा समय में हर दूसरे दिन पगडंडी में नजर आवे, अउर रिजल्ट रही गईल चालीस प्रसेंट। रोज कपार फोरत हवे; जवन साठ प्रसेंट फेल भईल बाने, रुपया लौटाये खातिर। अब जोड़ सात हजार फी लईका के हिसाब से एक सौ अस्सी लईकन क भईल बारह लाख साठ हजार। कहाँ से आई इ पइसा। अरे लाख रुपया उड़ाका दल वालेन के दे के केहू तरह स्कूल और सेंटर बचावल गईल और जवन बचल रहल... नेता जी ले लिहनन पार्टी फण्ड में! बचल का? बरम बाबा क घंटा? लईकन और ज्वार में बदनामी भईल त्वन अलग मिलल बोनस में। अरे अम्मा अब त लईका एहर झुट्ठू नाहीं ताकत हवे! नाव लिखावल त बड़ी दूर के बात बा। जब की बाबू जी, हर मास्टर, क्लर्क, चपरासी के साफ बोल दिहले बाने, की ये साल हर नाव लिखाई पर सौ रुपया अउर अलग से दीयाई।’’

‘‘त का हमही मना कईले बानी सबके अम्मा!’’ सरसतीया खुद को रोक नहीं पाई कहने से। ‘‘अम्मा कही दे भईया से शहर वाले डिग्री कालेज में नाव लिखवा दे, हमहूँ के पढ़ लिख के कुछ बने के बा।’’

‘‘का बने के बा? इहाँ अपने स्कूल में लईकन क अकाल

पड़ल बा; अरे कह कि नौ-ग्यारह क कुछ लईका बाने जवन इज्जत बचवले बाड़े स्कूल क। एक समय रहल की पगडंडी क नाव ले लोग की, जे कहीं नाहीं पास होई, उ पगडंडी में फर्स्ट क्लास पास होई। आमदनी देख के झरहीया इण्टर कालेज के साँप सूंघ जा। बिआह पढ़ाई त ये स्कूल क विशेष कोर्स में गिनल जा। केतना लड़की पढ़ी-पढ़ी अपने ससुरे चल गईली। कवनो साठ-सत्तर प्रसेंट से कम नम्बर नाही पावें। नारी शिक्षा के उत्थान में अपने स्कूल क जवन योगदान बा, ये ज्वार में नाहीं कवनो स्कूल क बा।

"मत परेसान होख बाबू, हम समझा देब ओके; तू खाली अपने बाबूजी क ख्याल कर.. उनके साथे रह। ऐ समय भाई-पटीदार, गाँव-ज्वार सबके हँसे के मौका मिलल बा। दूसरे, सरकारी नोटिस पर नोटिस। जीव आजिज हो गईल बा। जौन बाप तोहार शेर के तरह सीना तान के रहल, आज दुबकल सियार हो गईल बानी। ए मरकिनवना नेता-मंत्री के चक्कर में पड़ी के।"

"उहे न अम्मा, ज्वन रुपयवा बाद में दिहले ओकरे पार्टी फण्ड में, उहे पहले दे दिहले रहतें त नाहीं होत ई कुल।"

"का करब बाबू, मती मारल गईल रहल, नाही त केतना बढ़िया इंतजाम रहल, सगरो शिक्षा विभाग के अधिकारी, येही दुअरा पर जुट रहलें, मीट-मुर्गा, लिट्टी-चोखा का-का नाही बने। भर पेट खा सब, जात के विदाई अलग से दिया। उहो खुश, हमनो के खुश। न जाने कहाँ से आ गईल, विपत्ति क मारल इन कर लड़ीकाई क संगतिया नेता बनी गईल। ई बुझलें, मीठ-मीठ बतियावत बा, सब सांचे बोलत बा।"

"अरे अम्मा ये नेतन क कौनों जाती-धरम, परिवार हित-मित्र थोड़े होला। जहाँ लक्ष्मीनिया लऊकिह, वहीं ई धऊकिह।"

‘‘त अम्मा का अब हम नाही पढ़ब? भैया त अइसन बोलत बाने जैसे हमरे वजह से भईल बा इ सब।’’

‘‘चुप रहू, बहुत जबान चल्त बा तोर। अरे शुक्र मनाउ घर क स्कूल रहल त इण्टर ले पास हो गईले, फस्टक्लास पचासी प्रसेंट ले के, नाही त देखती तुहार पढ़ाई क जोश, एक-एक क्लास में तीन-तीन साल लगवतू।’’

‘‘अम्मा कही दे, ताना मत मारे; हम अपने बल पर बी.ए. कई के देखाईब।’’

‘‘देख सरस्वतिया, पढ़ि-लिख के तोके जज कलेक्टर नाहीं बने के बा। अगर तोके पढ़ला के ढेर शौक बा, त चल शर्मा जी के डिग्री कालेज में बिआह-पढ़ाई में तोर नाव लिख्वा देत बानी। ऊहाँ रोज अइला-गइला के जरूरत नाही बा। जब क्वनो चेकिंग इन्सपेक्सन होई, त बोलाल लिहल जाई। हाँ, पईसा तनी ढेर पड़ी, पर बी.ए. क डिग्री तीन साल में पक्का।’’

‘‘अऊर का चाही अम्मा ऐके? शउक क शउक पूरा हो जाई, गाँव-शहर क आवारा लईकन क ताना बोली भी नाही सुने के पड़ी।’’

‘‘त का अऊर लड़की ताना बोली के डर से पढ़े नाही जाली? तोहरे हिसाब से त फिर कवनों लईकिन के नाही पढ़े के चाही। सब डेराय के घर में बैठी जाएँ। अरे केकर हिम्मत बा जे बाबा के बहिन-बेटी के नजर ऊठा के देखी ले, आँख निकाल लेब।’’

‘‘देख बेटी! जमाना बहुत खराब बा, केकेर-केकेर मुँह रोकल जाई? केसे-केसे रोज लड़ी आदमी; फिर हर समय तोहार भैया-बाप त नाही रहियें साथे।’’

''त फिर हम आपन सपना, सपना ही समझी?''

''नाही बेटी, बात समझ; ठीक कहत बाने तोर भैइया। अब तोर सपना, तोर होवे वाला पतिदेव के साथे बा। अच्छा घर-बार देख के तुहार बिआह हो जाई फिर तू जवन करे के होई तू करत रहीअ। का करे के बा? कब्बो केहू डिग्री माँगी त देखा दीह।''

''अम्मा! नकल से पास अऊर, अकल से पास भईला में बड़ा अंतर होला। आपन आत्म सम्मान बनल रहेला; लगेला की हम कुछ कर सकेली। आखिर आज क लइकी औरत कईसे आगे बढ़त बाड़ी? सब ऐसे सोच लें, त आज जहाँ औरत पहुँचल बा नाही रहत।''

''एक बात कान खोल के सुन ले ते, अऊर अम्मा तोहू! जवने लड़की औरतन के ते बात करत बाड़े ऊ खाली शहर में होला, गाँव ज्वर में नाही। अपने अऊर उनके संस्कार, माहौल, रहन-सहन में बहुत अन्तर बा। फिर ते ढेर पढ़ी-लिख लेबे, नौकरी करे लगबे, त ओही तरह क लईको चाही, बिआह करे के खातिर। जब लईका वैसन चाही त दहेज भी बढ़िया चाही। का डिमांड बा आजकल मालूम बा? गाँव देहात क जौन लईका पढ़ी-लिख के पी.सी.एस. अऊर आ.ई.एस. बन जात बाने वोकर रेट पचास-साठ लाख तक बा। लड़की सुन्दर होखे चाही अलग से। अऊर सुन! उन्हने के देखा देखी डॉक्टर, इन्जीनीयर, मास्टर, लेखपाल, चपरासी... सब आपन भाव बढ़ा देहले बाने। महतारी-बाप साफ कहेले, पढ़वले-लिखवले, फिर नौकरी मा घूस सब खर्चा आखिर कहाँ से आई? लड़िका त अन्त में लइकी के हो जाई, हमन के का मिली? सब बात अपने जगहे बा; का तै रही पईबे चटक-मटक दिखावा वाली दुनिया में? मरी जईबे! येही लिए कहत हई परेसान मत हो; हम तोर दुश्मन

नाही हई, भाई हई। उ नकली दुनिया अलग बा, आपन असली दुनिया अलग हवे। हमार कहल मान, बीआह-पढ़ाई बी.ए. कै ले, तोके कुछ नाही करे के बा, कापी-पेपर-परीक्षा सब हो जाई।''

सरसतिया चुपचाप देखते हुए अपने कमरे में चली गयी, बस उसकी सिसकियाँ सुनाई दे रही थीं, जैसे आज ही उसकी विदाई हो रही हो इस घर से।

मौगड़ा

'हुस्न हाज़िर है मुहब्बत की सजा पाने को,

'कोई पत्थर से न मारे मेरे दीवाने को।'

मुरारी अपने पूरे शबाब पर, कत्थक के पदचापों और भाव भंगिमाओं सहित, नयनों की चपलता को, लैला को समर्पित करने में मगन थे। मेरे बगल में बैठे डॉ. भल्ला, जो कि मेरे विभाग के संयुक्त निदेशक (जवाइंट डायरेक्टर) और आज के सेवा निवृत्ति कार्यक्रम के मुख्य अतिथि हैं, बोले- ''मिश्रा! कब तक ये मजनूँ को बेदर्द जमाने के पत्थरों से बचायेगा? नाचे ही जा रहा है, गाना है कि खत्म होने का नाम ही नहीं लेता; बोलो यार, बहुत हो गया अब खत्म करे।''

मैंने 'जी' कहते हुए, मुरारी को इशारा किया कि अभी छोड़ दो मजनूँ को, फिर कभी बचा लेना। मुरारी ने समझते ही भाव भंगिमाओं

को दुरुस्त करने के साथ पदचापों को विराम दे दिया। अब वो पूर्ववत श्रीकृष्ण मुरारी गुप्ता बनकर लैब अटेन्डेंट से प्रोन्नत हुए बाबू बन गए।

वैसे तो मुरारी बाबू के कमर में लोच, उनके स्कूल के जमाने से ही आ गयी थी; वो क्या है कि सरस्वती पूजा में होने वाले सांस्कृतिक कार्यक्रम के लिए, जब स्कूल के गृहविज्ञान के अध्यापक बाबू साहब ने उन्हें पहली बार कृष्ण बनाने के लिए चुना था, फिर क्या... कभी राधा कभी सीता, कृष्ण, राम-मंदोदरी आदि-आदि चरित्रों को जीवंत करते रहे।

बभनान इंटर कालेज से बारहवीं की परीक्षा देने के बाद विद्यार्थी जब गर्मियों की छुट्टियों का आनन्द ले रहे थे तभी उनके जीवन की वो घटना घटी, जो उनको सहारनपुर में लैब अटेन्डेंट की नौकरी करने के लिए बाध्य कर गयी। हुआ यूँ कि सरस्वती पूजा में जो लड़की सरला, 'राधा' का किरदार कर रही थी और कृष्ण का रोल मुरारी कर रहे थे, उस सरला के साथ वो खुद रासलीला करने के चलते, स्कूल में न चाहते हुए विख्यात हो गए। स्कूल में बाबूसाहब और घर पर अपने बड़े भाइयों के डर से, कभी भी अपने अबोध प्यार का इजहार वह सरला से न कर सके। बस आते-जाते नज़रें मिलतीं और एक हूक दिल में उठ कर रह जाती। इस कच्ची उम्र के प्यार ने उधर भी असर किया था। कहते हैं 'आवश्यकता अविष्कार की जननी है।' सरला ने अपनी तड़प को सांत्वना देते हुए एक सख्त निर्णय लिया कि, अब जो भी हो, वो अपने मन की बात मुरारी तक पहुँचा के रहेगी। और फिर वही हुआ जिसका डर था। सरला ने अपने छोटे भाई से एक इंक पेन स्याही भरवाने के बहाने अपना प्रेम-पत्र मोड़कर (बत्ती बना कर) स्याही भरने वाले खाली स्थान में रखकर भेज दिया कि मुरारी स्याही भरेगा तो जरूर मेरा पत्र पा जाएगा और पढ़ लेगा, लेकिन होनी को कुछ और ही मंजूर था। छोटा भाई इश्क की बारीकियों को समझ न सका और सीधे

कस्बे में स्थित मुरारी की परचून की दुकान पर पहुँच गया, जहाँ मुरारी नहीं, उनके बड़े भाई मिल गए। बच्चे ने पेन उनको देते हुए कहा कि दीदी ने स्याही भरने के लिए मुरारी भैया के पास भेजा है और देकर चला गया।

घर पहुँचकर उसने सरला को सारी बात बताई कि पेन मुरारी के बड़े भाई को दे कर आ रहा है, मुरारी बाद में ले कर आयेगा। अब तो सरला को लगा कि उसकी चोरी पकड़ी गयी। मुरारी के बाप तुल्य बड़े भइया ने जरूर पढ़ लिया होगा, बहुत बदनामी होगी। लोग क्या कहेंगे; अम्मा बाबूजी पे क्या बीतेगी। इन सभी बातों पर विचार करते-करते किशोर मन ने एक अपरिपक्व निर्णय ले लिया और अपनी कलाई काट ली। खून बहता हुआ जब कमरे से बाहर आया तो सरला का छोटा भाई देख चिल्ला उठा। बात जंगल के आग की तरह पूरे कस्बे में फैल गयी कि सरला ने प्रेम में मरने के वास्ते अपनी कलाई काट ली। उड़ती-उड़ती खबर जब मुरारी तक पहुँची तो उनका कोमल मन बिना सुर-ताल के भरतनाट्यम करने लगा। बस इसी उधेड़बुन में मुरारी ने भी सामने बने खानदानी कुएँ में छलाँग लगा दी।

अब तो एकदम पक्का हो गया कि, प्यार के दो परिन्दों ने, समाज के बंधन को मानने से इनकार कर दिया। दुर्भाग्य का मारा मुरारी कूदने को कुएँ में कूद गया, पर पानी कम होने के कारण वो डूब न सका। घुटने अलग से छिल गए, कमर अगडाइयाँ लेने लगी। कराह-चीख और हलचल ने शांत बैठे कालसर्प को जीवंत कर दिया। बचाओ! बचाओ! की आवाज ने लोगों का ध्यान खींचा। रस्सियों और सीढ़ियों के सहारे लोगों ने बाहर निकाला।

उधर, सरला के माँ-बाप अस्पताल में जीवन से संघर्ष कर रही बेटी की सलामती की दुआएँ माँग रहे थे। खून अधिक बह जाने के कारण अभी भी वो अचेत अवस्था में थी, और इधर बाहर आने के

बाद, मुरारी की जो कुटाई उनके भाइयों ने की, वो निशान आज तक उनके शरीर पर हैं। भला हो उनकी बड़ी भाभी का, जिन्होंने उनका जीवन दान माँगा और चूना-हल्दी का लेप लगाने के साथ हल्दी वाला दूध पिलाया, साथ ही पूरे दस दिन देसी दारू से मालिश किया, तब जा के मुरारी के कमर में पुरानी वाली लोच और कदमों में वो नजाकत आई।

''बस मुरारी की भाभी, अब बहुत हो गया पढ़ाई-लिखाई; मेरे एक दूर के रिश्तेदार सहारनपुर में मुख्य चिकित्साधिकारी हैं, उनसे कह सुन के वहीं भेज देता हूँ। बड़े अधिकारी हैं, नहीं कुछ तो चपरासी की नौकरी तो दे ही देंगे।''

''सही कहते हैं लल्ला के भइया! यहाँ रहने पर सिर्फ बदनामी ही होगी; दूकान पर भी मन नहीं लगता। कल को लोग कहेंगे, माँ-बाप नहीं हैं, तो भाइयों और भाभियों ने ध्यान नहीं दिया।'' बस फिर क्या, जो अगली सुबह हुई मुरारी की, उसका सूरज उन्होंने सहारनपुर में पहुँचकर ही देखा।

दिन, महीना, साल बीतते देर नहीं लगी। अब मुरारी सिविल अपताल में लैब अटेन्डेंट-कम-वार्डब्याय का काम करने लगे। अपने स्त्रियोचित गुणों के कारण, जल्दी ही मुरारी मर्दों से ज्यादा औरतों ख़ासकर नर्सों में चर्चित हो गए। वो अपना हर काम बेहिचक बिना डर मुरारी से करवातीं। मुरारी भी बड़ी नजाकत के साथ खाना बनाने, स्वेटर बुनने से लेकर साड़ी पहनाने का कार्य बड़ी कुशलता से करते। मुरारी का सावन पूरे उफान पर था। चारों तरफ हरियाली ही हरियाली। ऐसे में भला मुरारी का नृत्य करता मन का मोर कहाँ मानने वाला था।

'सावन का महीना, पवन करे सोर, जियरा रे झूमे ऐसे, जैसे बन मा नाचे मोर।' ''सोर नहीं मुरारी शोर।'' सिविल अस्पताल सहारनपुर की नर्स मधुबाला ने टोका। 'हाँ-हाँ वही, *'शोर'*, गाते हुए मधुबाला की

कोमल हथेलियों में मेहँदी लगा रहे मुरारी अपनी झेंप को बचाते हुए बोले- ''ज्यादा इधर-उधर न हिलो, नहीं तो मेहँदी फैल जायेगी, फिर दिखाना कल रक्षाबंधन पर अपने भैया को फैली हुई मेंहदी।''

''तो क्या हुआ, तुम तो हो सँभालने के लिए; मेरे मनमोहन मुरारी!''

''देखो, ये सब फालतू बातें मुझसे मत किया करो, नहीं तो मैं छोड़ दूँगा अधूरी मेंहदी!''

''कहो तो कल बात कर लूँ? भैया आ रहे हैं... अपने और तुम्हारे बारे में।'' मधुबाला ने छेड़ते हुए मुरारी से कहा।

नादिरा और रजनी, शाम की शिफ्ट, आठ बजे पूरी करने के बाद कमरे पर पहुँची तो मुरारी को मेहँदी लगाते देख बोल पड़ीं ''वाह मुरारी! यहाँ प्रेम लीला चल रही है, मेंहदी लगाई जा रही है; हमने कहा तो बहाना बना दिया। ये क्या है? हम भी मधुबाला से कम सुन्दर थोड़े ही हैं... जरा हमारी हथेलियों पर भी अपने प्यार की मेहँदी लगा दो।'' मुरारी नई-नवेली दुल्हन की तरह शरमाते हुए भाग गया। ''हाय! यही अदा तो हमें मारे डाल रही है।'' कहकर दोनों खिलखिला के हँस पड़ीं।

''क्यों हमेशा छेड़ा करती हो बेचारे को, सीधा-साधा इंसान है!''

''तुम्हें क्यों इतनी तकलीफ हो रही है?'' दोनों एक साथ बोल पड़ीं।

''मुझे क्यों तकलीफ होगी; बस ऐसे ही, हम सब साथ काम करते हैं तो कह दिया।''

''मैडम मधुबाला, बेवकूफ मत बनाइये!'' नादिरा बोल पड़ी। ''हमें भी मालूम है रजाई काण्ड; कैसे मुरारी ने अपनी इज्जत बचाई।''

''ये सब अफवाह है, सब झूठ है।'' मधुबाला चिढ़कर बोलते हुए, अपने कमरे में चली गई।

ऐसा नहीं कि मुरारी अपनी कमर की लोच और नजाकत के कारण पुरुष प्रधान जालिम नज़रों का शिकार न हुए हों। वो तो किस्मत अच्छी थी कि बाल-बाल बच गए। जग हँसाई नहीं हुई; वरना लोगों ने तो *'मुन्नी बदनाम हुई डार्लिंग तेरे लिए'* का रिकार्ड बजा ही दिया था। कहते हैं 'जिसकी नीयत साफ़ हो, उसकी इज्जत आप हो' कहावत को चरितार्थ कर देते है ऐसे इंसान। *'अंखियों के झरोखों से, तुझे देखा जो साँवरे, तुम दूर नज़र आए, बड़ी दूर नजर आये।'* गाते और नाचते हुए फ्लैशबैक से मुरारी सहित हम लोग वापस आ गए।

देखा तो इधर चाय नाश्ते का दौर शुरू था। जे डी (जवाइंट डायरेक्टर) साहब ने चाय-नाश्ते के बाद बड़प्पन दिखाया और चले गए। आज मौका था, मैडम शुक्ला के सेवानिवृत्ति के अवसर पर होने वाले विदाई कार्यक्रम का। औपचारिकताओं को पूरा करते हुए मुरारी के लैला मजनूँ वाले नृत्य के साथ सरकारी कार्यालय की सहयोग पार्टी अपने अंजाम को प्राप्त हुई।

गीता, शॉल, छाता, ब्रीफकेस आदि-आदि के साथ अच्छी बातें और कुछ डरावनी नसीहतें दी गयीं, जैसे मैडम शुक्ला नौकरी से नहीं बल्कि सांसारिक जीवन से वन को गमन कर रही हों। ऐसे समयानुकूल वातावरण में उन्हें जीवन की कुछ कटु सच्चाइयों से अवगत कराया गया। उदाहरण के लिए, अपनी सारी पेंशन कभी बच्चों के नाम मत कर देना; जीपीएफ, ग्रेच्युटी की सारी रकम एक साथ बेटे-बेटियों या रिश्तेदारों में मत बाँट देना। हमेशा रुपये-पैसे का कंट्रोल अपने हाथ में रखना। वैसे तो सब कुछ उन्हीं का है, पर प्रायः देखा गया है कि लोग पैसा मिलाने के बाद बुजुर्गों को छोड़ देते हैं। एक पल को मैडम शुक्ला

को शमशान वैराग्य हो आया, लगा कि अभी सब कुछ छोड़कर दुनिया से प्रस्थान कर जायें। मुरारी ने समय की नजाकत को समझा और भावनाओं में आकंठ डूबकर मैडम से सहानुभूति की अभिव्यक्ति करने लगा। दूर खड़े श्रीकांत ने इशारा करते हुए कहा। देखा, 'स्याला नहीं मानेगा, बड़ा जड़ीयल जनखा है; देखो-देखो विमलेस, कैसे हँस-हँस के बातें कर रहा है।'

''हाँ सही कह रहे हो।'' विमलेस बोला।

श्रीकांत, ज्ञान से मुखातिब होते हुए बोले- ''जानते हो! उस दिन उससे कहा कि ज़रा वो फाइल दिखा दो, तो छूटते ही बोला, ये व्यक्तिगत फाइल है मैं नहीं दिखा सकता। मैंने कहा अबे मुरारी, ये मेरी जानने वाली है, बहुत परेशान है, दिखा दे, उसका भला हो जाएगा, तुझे दुआएँ देगी, पर ये टस से मस नहीं हुआ। मैंने फिर कहा, अबे वो उसी के आधार पर आगे की कार्रवाई करेगी, क्यों उसकी नौकरी लेने पर तुला है?''

''आप नहीं जानते श्रीकांत बाबू, अगर डायरेक्टर साहब को मालूम पड़ गया तो उसकी तो बाद में, मेरी नौकरी पहले चली जायेगी; आप कुछ भी कहिये मैं नहीं दिखा सकता, मुझे माफ कर दीजिये।''

''मान गया इसको, बहुत बड़ा मौगड़ा है। एक बार ना कह दिया तो नहीं माना; दिमाग तो बहुत खराब हुआ, मन ही मन सोचा, ठीक है बेटा... आज डायरेक्टर के साथ बैठे हो तो खुद को डायरेक्टर समझने लगे हो, चढ़ोगे किसी दिन अंटी पर तब तुम्हारी खबर लेंगे... बस क्या था मिल गया वर्मा जी के यहाँ शादी में। मैं भी एकदम फुलटास चार पैग लगाए था, देखा ये मुरारी सूट-बूट पहने औरतों के साथ अपनी लंतरानी हाँके जा रहा था। पीछे से कंधें पर हाथ रखा, क्या बात है मुरारी बड़े जम रहे हो, क्या कोई मोटा माल अन्दर किया है?''

‘‘आप तो जानते ही हैं श्रीकांत बाबू, ना मैं पैसा लेता हूँ न देता हूँ।’’

‘‘इतना बोलना था कि पकड़ी कालर और खींच ले गया टेंट के पिछवाड़े पेड़ों के झुरमुटों में। बोला, बहुत ईमानदार बनता है! रोज देखता हूँ तेरे जैसे, उस दिन बहुत बड़ा डायरेक्टर की दुम बन रहा था। तूने नहीं दिखाया तो क्या काम नहीं हुआ? अपनी औकात में रहा कर; बुढ़ापे में लैब अटेन्डेंट से बाबू बन गया तो बड़ा काबिल समझता है... आइन्दा से मेरे काम में अड़ंगा लगाया तो, तुम्हारी बैंड बजाकर रख दूँगा, मौगड़ा कहीं का, चल भाग यहाँ से!

मुरारी की आँखें भर आईं। दिल दहाड़ें मार-मारकर रो रहा था पर शादी में सारे कार्यालय के लोगों के सामने हँसाने का उपक्रम कर-करके वो थक गया, अतः अपने बेटे को, जो दूर स्टॉल पर खाना खा रहा था, बुलाया और घर चलने को कहा। बेटा समझ न सका कि आखिर माजरा क्या है? अभी तो हँस-हँसकर सबसे बातें कर रहे थे अचानक मुँह क्यों लटक गया। बेटे के बार-बार पूछने पर बस इतना ही बोल पाया मुरारी कि तबीयत ठीक नहीं लग रही और घर के लिए चल दिया। रात भर मुरारी सो न सका, बस करवट बदलता रहा। रह-रहकर उसके कान में यही आवाज गूँजती- ‘मौगड़ा कहीं का!’

आज ऑफिस में बड़ा शान्त माहौल था। मुरारी अपनी टेबल पर गुमसुम बैठा था। तभी ज्ञान बाबू ने मुरारी से पूछा- ‘‘क्या बात है बड़े शांत लग रहे हो, अपने स्वभाव के विपरीत? कल शादी से अचानक कहाँ गायब हो गये? हम लोग ढूँढ़ते रहे तुमको!’’

‘‘कुछ नहीं बड़े बाबू! बस तबीयत ठीक नहीं लग रही थी, घर चला गया।’’

''पर इरफान तो कुछ और कह रहा था; अभी आया था मेरे पास... कल रात तुमने फोन किया था उसको।''

इतना कहना था कि मुरारी भरे गिलास सा छलक उठा। आँखों से छलका पानी बाहर आने लगा। कन्धे पर हाथ रखते हुए ज्ञान बाबू ने पूछा- ''आखिर बात क्या हुई?''

''क्या बताऊँ बड़े बाबू बस समझ लीजिये, आज तक मुझे इतना भला-बुरा किसी ने नहीं कहा। सहारनपुर से लखनऊ निदेशालय और अब यहाँ इस कार्यालय में। नवम्बर में रिटायमेन्ट है। इतने अधिकारियों के साथ रहा, पर कभी किसी ने तू तड़ाक नहीं किया; सबने मुझे अपना समझ कर प्यार किया, कभी गलती भी हो गई तो समझा दिया, पर श्रीकांत बाबू ने कल शादी में मेरी सारी इज्जत उतार कर रख दी। वो तो कहिए मेरा बेटा दूर था, कुछ सुना नहीं, वरना नौबत हाथापाई की आ जाती। सच कहता हूँ इतनी बेइज्जती मेरी कभी नहीं हुई।'' और मुरारी फफककर रोने लगा।

ज्ञान बाबू ने मुरारी को समझाते हुए कहा- ''मत परेशान हो, हम श्रीकांत बाबू को समझायेंगे और तुम्हें भी इतना सख्त नहीं होना चाहिये; दिखा देते फाइल क्या होता?''

''जाने दीजिये बड़े बाबू! आप कुछ मत कहिएगा श्रीकांत बाबू से; बात बढ़ाने से कोई फ़ायदा नहीं, जो होना था वो हो गया, बिना वजह फिर बात का बतंगड़ बनेगा।''

तभी मैं वहाँ पहुँच गया। भाव-भंगिमाओं को देखकर मैं समझ गया कि कल वाली घटना की नई इबारत लिखी जा रही है। मैंने कहा- ''छोड़ो मुरारी, रात गयी बात गयी; आज नई सुबह है, चलो एक बार फिर सहारनपुर का मेहँदी काण्ड सुना दो; बड़े बाबू को नहीं मालूम।'' मैंने उसका मूड चेंज करने के लिए कहा।

''आप भी खूब मजा लेते हैं सर; बहुत डीप में जाते हैं... भाभी जी से शिकायत करनी पड़ेगी!''

* * *

इस बार की बरसात ने लखनऊ शहर को डेंगू की चपेट में ले लिया। श्रीकांत बाबू बेहद साफ़-सफाई रखने के बावजूद डेंगू के चक्कर में फँस गए। उनका प्लेटलेट्स दिन प्रतिदिन गिरने लगा। नौबत यहाँ तक आ गयी कि उन्हें अस्पताल में भर्ती होना पड़ा। जब प्लेटलेट्स मात्र तेइस हजार रह गई तो डॉक्टर ने खून की व्यवस्था करने को कहा। ब्लड ग्रुप भी रेयर 'ओ नेगेटिव'। शहर में वैसे ही ब्लड की मारा-मारी। अधिक पैसे देने पर भी नहीं मिल रहा।

ऑफिस के कुछ मित्रों ने अपने कार्यालय धर्म का पालन किया, पर दुर्भाग्य से ब्लड ग्रुप मैच नहीं कर सका। हालत बिगड़ती जा रही थी, तभी पता चला कि दो बोतल ब्लड का इंतजाम हो गया है। श्रीकांत के परिवार वालों ने राहत की साँस ली। धीरे-धीरे तबीयत में सुधार होने लगा। लोगों की दुआएँ और डॉक्टर की मेहनत ने रंग दिखाया।

* * *

आज पूरे एक महीना के बाद श्रीकांत ने ऑफिस में कदम रखा। डेंगू का असर अब भी दिख रहा था। सब से औपचारिक मेल मिलाप के बाद जब श्रीकांत बाबू ने मुरारी की टेबल की तरफ बढ़कर हाथ मिलाया तो सब लोग अवाक् रह गए। हाथ मिलाने के बाद श्रीकांत ने मुरारी को गले से लगा लिया। अब आँखें दिल का हाल बयां करने को मचल उठीं।

मुरारी ने कहा- ''बस हो गया; कोई बात नहीं श्रीकांत बाबू! ये तो हमारा ऑफिस धर्म था; आखिर हम एक ही परिवार के सदस्य हैं; पूरे चौबीस घंटे में सबसे ज्यादा, हम आठ घंटे एक साथ, एक छत के

नीचे बिताते हैं... इतना समय तो हम अपनी अर्धांगिनी को भी नहीं देते।''

''नहीं मुरारी! तुमने जो किया वो कोई अपना सगा भी नहीं करता आज के समय में। जहाँ लोग एक दिन अस्पताल में मिलकर अहसान जताते हैं कि हम देखने आये थे, वहीं तुमने मेरे द्वारा किये गए अपमानों को भुलाकर अपने बुढ़ापे की परवाह किये बिना दो बोतल खून ही नहीं दिया, बल्कि मुझे नई जिन्दगी दी है। नारियल पानी और पपीते के पत्ते का जूस लेकर कोई एक दिन आता है महीने भर नहीं; मुरारी मुझे माफ...।''

''नहीं श्रीकांत बाबू, आगे कुछ मत बोलियेगा; आप को इस मौगड़े की कसम।'' ये सुन कर सब स्तब्ध रह गए। सबको थोड़ी देर तक धुँधला दिखने लगा। तभी मुरारी के मोबाइल की रिंगटोन बजने लगी *'हुस्न हाजिर है, मुहब्बत की सजा पाने को, कोई पत्थर से ना मारे मेरे दीवाने को।'*

चादर

आज सालों बाद आदित्य को अपने कमरे के दरवाजे पर देखकर कनक, पल भर को विचलित हुई, पर खुद को संयमित करते हुए अपनी नज़रों से आदित्य की आँखों में, उसके आने की वजह ढूँढ़ने की कोशिश करने लगी।

आँखें मिलते ही आदित्य बोल पड़ा, ''मुझे माफ़ कर दो कनक!''

कनक, बिना समय गँवाये बोल पड़ी, ''क्यों..., अब वो रंग बिरंगी बिकाऊ चादर धुँधली पड़ गयी क्या; या उसने कोई नई पलँग ढूँढ़ ली... या तुम्हारी रंगीन शामों के मदमस्त पैमानों ने तुम्हारी पौरुष शक्ति को कम कर दिया है?''

''कनक, तुम जो चाहे कहो, पर मुझे माफ़ कर दो।''

इतना सुनना था, कि कनक का, वर्षों से दिल में छिपा गुबार फूट पड़ा, ''आखिर मैं भी तो जानूँ, कि अचानक इस हृदय परिवर्तन की वजह क्या है।''

''बस ये समझ लो कनक, कि बच्चों ने मेरी आँखें खोल दीं; उनका पूछना कि आखिर माँ हमारे साथ क्यों नहीं रहती?''

''तो बता दो न, जो सच है।'' कनक चिल्ला पड़ी।

''नहीं कनक; नहीं बता सकता; अब वो बड़े हो गए हैं... जब तक छोटे थे, मैं उन्हें झूठी तसल्ली देता रहा, कि तुम पढ़ाई कर रहे हो, इसलिए हॉस्टल में हो। मैं तुम्हारे प्रति उनकी बेकरारी और संजोए सपनों को कैसे तोड़ दूँ? ये अन्याय होगा।''

''अच्छा; आज अपने बच्चों की बात आई, तो सारे संस्कार याद आ गए; याद है, कैसे मैं गिड़गिड़ा रही थी! आज भी मुझे हर बात याद है, जैसे लगता है कल की बात हो।''

''जिस चादर को मैंने अपने मन के सात रंगों से रँगकर जिन्दगी के बिस्तर पर बिछाया था, उसे तुमने बदरंग कर मेरे अरमानों और खुशियों का गला घोंटकर मेरे मुँह पर मार दिया था। जानती हूँ, तुम्हारे लिए इस चादर में पड़ी हुई सिलवटों का कोई मूल्य नहीं है, पर मेरे लिए अनगिनत सिलवटों की ये चादर एक धरोहर है; तुम क्या समझोगे इसकी कीमत! कितने जतन से सँभालकर रखी थी मैंने अपनी इस चादर को। ये माँ बाबू जी की उम्मीदों और स्वाभिमान की चादर थी; उनको नाज था, कि कभी किसी की बुरी नजर नहीं पड़ने दी; हमेशा दुनिया के काले रंगों से बचा के रखा।''

''चौबीसवें बसंत में आये थे तुम; कितना उल्लास था जिन्दगी की चादर को सजाने का। मैंने खुद अपने हाथों से सपनों के गोटे लगाए थे। हाँ, कुछ अरमानों के लैस बार्डर माँ के भी थे, जो बाबूजी ने धीरे से

बिना किसी को बताये माँ को दिए थे, और कहा था, टाँक देना उसके अरमानों की चादर में।''

''अँगुलियों में चुभती सुइयों की चुभन में भी एक रस था; जो दर्द देने के साथ ही मन को रोमांचित कर देता था। याद है, जिस दिन तुमने चादर पर अपना सिंदूरी रंग डाला था, माँ बाबूजी का मन, मयूर हो गया था; छोटा भाई लालटू कितना खुश था... रात भर नाचता रहा... हद कर दी पूछो मत। उसने उस रात चादर की जो तस्वीरें खींची थीं... आज भी बाबूजी ने बड़े शान से अपने बैठकखाने में सबसे आगे सुनहरा फ्रेम करवाकर अलमारी में रखा है; जो भी आता है, उसे दिखाते हैं कि, ये है मेरे जीवन भर की कमाई... और आँखें गीली कर लेते हैं; पर तुम्हें उन छोटी-छोटी खुशियों से क्या मतलब, जिन्हें तुमने कभी महसूस ही नहीं किया।''

''जब मैंने पहली बार तुम्हारे घर के अन्जान बिस्तर पर अपनी जिन्दगी की सतरंगी चादर को बिछाया था; फूलों से सजे उस बिस्तर पर बीच में नई–नवेली की तरह लग रही थी। थककर चूर थी, फिर भी मैंने अलसाई आँखों से चादर का ध्यान रखा, कि कहीं कोई सिलवट या फूलों के दाग न पड़ जाएँ। इंतज़ार में कब आँख लग गई, पता ही नहीं चला; और तुम उस रात अपने दोस्तों और रिश्तेदारों के साथ बैठकर होने वाले कार्यक्रम की योजना बना रहे थे। पता तो तब चला, जब तुमने अपने हाथों से स्पर्श किया। याद है, क्या कहा था तुमने मुझसे उस दिन?''

''मत समझाओ मुझे कनक।'' चीख पड़ा आदित्य, ''अब मेरी और तुम्हारी राहें जुदा हैं; सच तो ये है कि इतने सालों में कभी तुम्हें अपना नहीं समझ पाया, और रही फेरों की बात, तो वो एक करार था... मेरा समझौता था, अपने बाप से किये गए वादों के लिए।''

''और अब, जब वे इस दुनिया में हैं ही नहीं, तो कौन सा वादा,

कौन सा करार; सब टूट गया। मैं तो कभी भी तुम्हारी चादर को बिछाने के लिए बेचैन नहीं था; पर मेरे बाप डर गए थे, कि कहीं मैं अपनी पसंद की उस चादर को घर न ले आऊँ, जिसे आज तुम्हारी चादर सौतन समझती है।''

''हाँ कनक; वो मेरी पसंद है; और तुम्हारी चादर को तो मैंने इसलिए ही ओढ़-बिछा लिया, कि चलो, तुम वक्त के साथ समझ जाओगी, और तुम्हारी चादर इसे अपनी नियति मानकर अपना लेगी; पर तुम अपनी चादर का हक़ माँगने लगीं... उस बेमतलब के सिंदूरी रंग का अधिकार जमाने लगीं।''

''अरे! कहाँ हमारी महँगी पलंग, और कहाँ तुम्हारी घटिया सफ़ेद चादर; कोई मेल नहीं हमारा। पूछो अपने बाप से, जिसने उस पंजाबन के कहने पर, जो कि हमारे ही स्कूल में प्रिंसिपल थी; हमारी हैसियत, राजनीतिक रसूख और स्कूलों की चेन देखकर सौंप दिया तेरी चादर को मेरे महँगे पलंग पर बिछाने के लिए ...और संस्कारों का नाम दे दिया।''

''चुप करो आदित्य! लगाम दो अपनी जुबान को। मेरे सीधे-साधे बाबूजी, तुम्हारी भोली सूरत और तुम्हारे घरवालों की चिकनी-चुपड़ी बातों से धोखा खा गए। वे तो बस समझते रहे, कि बड़े लोग हैं, बड़े लोगों का बड़प्पन है, जो आज भी अपने गाँव-घर, संस्कृति और संस्कार को नहीं भूले... वे तो बस ये ही कहते रहे कि कि कितने महान हैं वो लोग, जो आज भी अपने परिवार की खुशी के लिए, आधुनिक परिवेश को छोड़कर, छोटे से कस्बे की इस चादर को, खुद चलकर हमारे घर माँगने आये हैं।''

''तुम लोगों की उस छुपी लेखनी की काली स्याही को नहीं देख पाए, जिसे तुम और तुम्हारी माँ ने मिलकर, मेरी सिंदूरी चादर को अनगिनत लांछन और प्रताड़नाओं की इबारत से भर दिया .....लाकर

कर खड़ा कर दिया उस धोबी बाड़े पर, जहाँ कुत्ता घर का होता है, न घाट का। अरे वो धोबी भी क्या दाग छुड़ाएगा, क्या न्याय कर पायेगा, जिसे खुद बिछाने और ओढ़ने वाले न धुल सके।''

''तुमने तो कोई जगह ही नहीं छोडी चादर, में जहाँ से मै एक बार फिर धुलाई करने की कोशिश कर सकूँ ..क्या करूँ उन दो खूबसूरत निशानों का, जिनको तुमने मेरे इन बीते सालों के पहले और चौथे सालों में दिया? कैसे भुला दूँ इन दो मासूम निशानों को, जिन्हें तुम मेरी चादर से निकालकर अपने पास रख लेना चाहते हो, और छोड़ देना चाहते हो मेरी चादर को अकेली... जिन्दगी की आँधियों में उड़ने के लिए।''

''कैसे समझाऊँ उन अबोधों को, कि अब ये चादर तुम्हारी नहीं रही; कैसे कह दूँ उनसे, कि तुम एक पुरानी चादर को नया बनाकर अपने पलँग पर बिछाना चाहते हो, जिसे मैं और तुम्हारे पापा हमेशा बिछाने से मना करते रहे। पर आज उनके इस दुनिया में न रहने के कारण उस बाजारू चादर को मेरे सिंदूरी रंग से रँगकर, उस पवित्र पलँग पर बिछाना चाहते हो, जिसे तुम्हारे घर वालों ने आज से पाँच साल पहले मुझे सौंपा था।''

''पर याद रखना, मैं भी कनक हूँ... कभी सोना, कभी धतूरा। अगर प्यार से रखोगे, तो सोना बनकर तुम्हारे शरीर की शोभा बढ़ाऊँगी.. नहीं, कहीं गले पड़ गई, तो धतूरा बनकर पागल कर दूँगी। तुम क्या समझते हो; तुमने मेरे बाबूजी को यहाँ अपने घर बुलाकर समझौते के नाम पर उनकी जो बेइज्जती की; इस सदमे के कारण वो इसी चौखट पर हार्ट अटैक की वजह से चले गए। आदित्य! मैं भी उन संस्कारों में पली-बढ़ी हूँ, जहाँ एक बार जिस घर में डोली जाती है, तो वहाँ से फिर अर्थी ही उठती है। चलो, हिम्मत हो तो ले आओ उस अपनी बाजारू चादर को, मै भी लाती हूँ एक पलंग... फिर बिछायेंगे

अपनी-अपनी चादर, इसी घर में, अपने-अपने पलंग पर; देखती हूँ कौन सोता है इस घर में।''

''पागल मत बनो कनक; मैं जानता हूँ तुम ऐसा नहीं कर सकतीं..।''

''क्यों नहीं कर सकती? क्या सिर्फ मर्द को ही अधिकार है दूसरी चादर को ओढ़ने बिछाने का? औरत भी ला सकती है नई पलंग .. क्या फर्क पड़ता है!''

''तो तलाक क्यों नहीं ले लेती?''

''क्यों लूँ तलाक!'' कनक चिल्ला उठी। ''तुम मर्दों ने मजाक बना रक्खा है; जब चाहा रंगीन सपने दिखाए, और जब चाहा तलाक की काली स्याही उड़ेल दी चादर पर। मजबूर मुसलमान बहनों की तरह मुझको समझ रक्खा है क्या, कि मर्द, शौचालय में शौच करते-करते तीन बार तलाक, तलाक, तलाक बोल दे, बस हो गया तलाक; न कहीं सुनवाई न कहीं अपील... दोष किसका, पता ही नहीं चला। मुआवज़े की तो बात ही छाड़ो? पर मैं ऐसा नहीं होने दूँगी। अपनी चादर के साथ तुम नाक रगड़ते रह जाओगे, पर मैं तलाक के लिए कभी तैयार नहीं होने दूँगी अपनी स्वाभिमानी चादर को। जीवन के सारे थपेड़ों को झेलेगी मेरी चादर; पर तुम्हारे सिंदूरी रंग को मिटने नहीं देगी। तुम उसे बिछाओ; न बिछाओ नई चादर लाओ... तुम्हारी मर्जी... हाँ, इतना ध्यान रखना, उधर नई चादर, इधर नई पलंग।''

''अरे, कुछ तो शर्म करो; उन दो मासूम निशानों का... क्या सोचेंगे!''

''रहने दो अपनी झूठी हमदर्दी; वैसे भी तुम्हारे मुँह से अच्छी नहीं लगतीं ऐसी बातें। तुम्हारी इन हरकतों के बाद, कोई चाहत नहीं तुम्हारे पलँग पर चादर बिछाने की... हाँ, उन मासूम निशानों का ख्याल है,

जिनकी जिम्मेदारी सिर्फ और सिर्फ तुम्हारी है।''

''बस करो कनक! मत कहो उन बातों को; जिसने हमें स्वार्थी और खुदगर्ज बना दिया।''

''क्यों! अब वो दौलत और स्कूलों की चेन, जो राजस्थान से लेकर उत्तर प्रदेश तक थी; कम पड़ गयी सुकून खरीदने के लिए? लौटा सकते हो हमारे बाबूजी को, जो तुम्हारे अहंकार की आग में जल गए। आज भी सोचती हूँ तो रूह काँप जाती है। वो जाड़े की बरसाती अँधेरी रात; राजस्थान की पहाड़ियों के बीच छोटा सा सुनसान रेलवे स्टेशन। इक्का दुक्का लोग। मैं और मेरे बाबू जी रात भर रोते रहे। याद है जब, तुमने मुझे घर से निकाला था, और मेरे बाबूजी को बेइज्जत करके अपनी चौखट से भगा दिया था; उस दिन अंतिम बार टूट गए थे बाबू जी। ऐसा टूटे, कि फिर दुबारा नहीं जोड़ पाई मैं। सुबह देखा तो एक लाश बन चुके थे बाबू जी। मेरी चीख के साथ ही बिजली कड़की, और आसमान रो पड़ा था उस दिन।''

''एक बाप को उसकी बेटी से दूर करके, उसे दर दर की ठोकर खाने के लिए छोड़ दिया, समाज के भयावह जंगल में सीता की तरह। अब मर्यादा की याद आई, तो बच्चों के साथ अपनाने आ गए, राम की तरह। सच है, कुछ नहीं बदला, बस समय बदल रहा है... पहले मर्यादा के नाम पर, आज आधुनिकता के नाम पर। बस करो। अब बहुत हो गया; न तुम राम हो न मैं सीता।''

''इतना कठोर न बनो कनक; आखिर वो हमारे बच्चें हैं। ये सच है कनक, कि मैंने तुम्हारे साथ बहुत अन्याय किया... शायद आज इसी लिए ये दिन देखने पड़ रहे हैं; कहाँ से कहाँ आ गया मैं। लोग सच कहते हैं, उसकी लाठी में आवाज नहीं होती, सिर्फ निशान दिखाई देते हैं। उधर पापा दुनिया छोड़ के चले गए, इधर तुमने घर क्या छोड़ा, जैसे मेरी किस्मत ही घर छोड़कर चली गयी। वो शानोशौकत, गाड़ियों

की लम्बी कतारें, यहाँ से वहाँ तक स्कूलों की एक लम्बी चेन; कुछ नहीं रहा अब। एक स्कूल का मामूली सा मैनेजर बनकर रह गया हूँ; वो भी हालत ऐसी कि कभी-कभी टीचरों की तनख्वाह के लिए मशक्कत करनी पड़ती है। और आज तुम, जिसे मेरी माँ ने गाँव की देहाती, जाहिल लड़की समझकर स्कूल मैनेजमेंट नहीं दिया, वो आज इसी शहर में तीन स्कूलों की मालकिन है।''

''किस्मत को मत कोसो आदित्य; उसने तो तुम्हें जन्म से ही मुँह में चाँदी की चम्मच डालकर भेजा... अब तुम सँभाल न पाए तो इसमें किसी और का क्या कसूर। उस वक्त तो तुम मदहोश थे, अपने झूठे गुरूर में; तुम्हें एहसास ही नहीं था कि गलत क्या है, सही क्या है। तुम्हीं कहा करते थे, 'वो करे तो लीला; मैं करूँ तो कैरेक्टर ढीला'। नहीं समझ सकता उस लीला को तुम्हारे जैसा कोई भी इंसान, जिसकी रात हुक्काबार में, तो सुबह से शाम स्कूल की टीचरों के साथ रासलीला चलती हो। बदनाम करके रख दिया था तुमने शिक्षा के उस पवित्र मंदिर को; बंद तो होने ही थे स्कूल।''

''जब तक देवता-समान मेरे श्वसुर ज़िंदा रहे, तुम्हें और स्कूल दोनों को बचाते रहे। वो तो उनका रसूख था, जो तुम जोर-जबरदस्ती और बलात्कार के मामलों में जेल नहीं गए, वरना कब के अन्दर हो गए होते। उनके मरते ही, हुआ वही, जिसका डर उनको ले बीता। तुम्हारी नशे और अय्याशी की लत ने आज तुम्हें लाकर मेरी चौखट पर खड़ा कर दिया। जी तो करता है कि दूँ तुम्हें आज भद्दी–भद्दी गालियाँ दूँ, और धक्के मारकर भगा दूँ; पर दूसरी तरफ तरस आता है तुम्हारी बेबसी पर... भिखारियों की तरह खड़े हो आज मेरे सामने। कहाँ गयी वो रस्सी, जिसकी ऐंठन, तुम और तुम्हारी माँ अक्सर मुझे दिखाया करते थे? जाओ, चले जाओ आदित्य; नहीं देख सकती मैं।''

''ठीक है कनक, मैं चला जाऊँगा, पर मेरी एक बात का जवाब

दे दो; अगर तुम मुझसे इतनी नफ़रत करती हो, तो ये मंगलसूत्र, और मेरे नाम का सिन्दूर क्यों डालती हो अपनी माँग में?''

''भावनाओं में बाँधने की कोशिश न करो आदित्य; अब तुम्हारे साथ मैं नहीं रह पाऊँगी... बीती यादों के संग मैं तुम्हें अपना नहीं पाऊँगी। रही मंगल सूत्र और सिन्दूर की बात, तो कान खोलकर सुन लो; ये मेरा अधिकार है, जिसे मैं मरते दम तक अपनाऊँगी। इस सिन्दूर की कीमत तुम्हारे जैसा इंसान कभी नहीं समझ सकता आदित्य। ये मेरा मान है, सम्मान है; मेरा आत्म विश्वास है। इसका मतलब ये नहीं, कि मैं आज भी तुम्हें अपना पति मानती हूँ; ये इसलिए, कि मैं उस समाज की बेटी हूँ, जहाँ सुहागन मरना, गर्व और सम्मान की बात होती है; और रही दूसरी अहम् बात, जो हमेशा मुझे याद दिलाती रहती है, कि मैं एक पतिव्रता हूँ।''

''छोड़ो; तुम्हें समझ में नहीं आएँगी ये दर्शन और संस्कार की बातें; जाओ, नहीं होगा मुझसे, कि एक बार फिर मैं अपनी थाती; उस पवित्र चादर को बिछा सकूँ तुम्हारे उस आधुनिक पलंग पे।''

'माँ!'

इस आवाज ने कनक को अचम्भित कर दिया। देखा, तो सामने उसकी बेटी अपने छोटे भाई के साथ खड़ी थी। कनक, वर्षों से बंजर पड़ी ममता की जमीन को आँसुओं की बारिश से भिगोने से खुद को रोक न सकी... लिपट गयी अपने कलेजे के टुकड़ों से।

बस यूँ ही दिल से

कभी-कभी लगता है कि ये दुनिया, ये ब्रह्मांड, ये संसार, ये आकाश, धरती, वायु, अग्नि, जीव-जंतु क्यों हैं! क्यों इनका अस्तित्व है? पर ये एक ऐसी अँधेरी खाई है, जिसमें प्रवेश करना तो आसान है, परन्तु बाहर आना कदाचित नामुमकिन। ऋषि-मुनि, विद्वान, वैज्ञानिक, साहित्यकार, धर्माचार्य आदि ने अपने-अपने अनुभव, योग के आधार पर ये सिद्ध किया है कि ब्रह्मांड के इस अनन्त सुरंग में जाना जितना कठिन है, उससे कहीं अधिक कठिन, वहाँ से सम्पूर्णता को प्राप्त कर वापस आना है; और पूर्ववत स्थिति में तो कदापि नहीं। मैं सत्य की विवेचना नहीं कर रहा हूँ, क्योंकि मैं कभी कर भी नहीं सकता; इसके लिए ज्ञान की अद्भुत शक्ति चाहिए, जो मेरे जैसे अनेकानेक लोगों के पास नहीं है। हाँ, एक बात तय है कि मैं कुछ करूँ या न करूँ, पर लिखने-पढ़ने वाले लोग इसे अपनी कसौटी पर कसेंगे

जरूर।

बात लगभग चार-पाँच साल पहले की है। पूस की सर्द रात थी। अपने कमरे में मैं रोज की भाँति सो रहा था। तभी मुझे लगा कि दो-तीन देवियों की तरह औरतें मुझे पकड़े हुए हैं, और विघ्न विनाशक गणपति, बाल रूप में अपनी छोटी सी गदा से मेरे पेट के दाहिने हिस्से पर मार रहे हैं, साथ ही साथ मुझे देखकर मुस्करा रहे हैं। उसके बाद वे देवियाँ नर्स के रूप में परिवर्तित होकर मुझे बारिश की तेज बौछारों से बचाते हुए किसी कमरे की बड़ी खिड़की को बंद करती हैं, ताकि बाहर से बारिश की बौछार अन्दर न आ सके। तभी मुझे एक महिला का धधकता हुआ लाल चेहरा दिखता है, जो हल्का सा सूजा हुआ है। इसी क्रम में मुझे माँ और पत्नी का ममतामय वात्सल्य रूप दिखाई देता है। वो देवी स्वरूप औरत कहती है, ''जा, तेरा कल्याण हो।''

मैं हड़बड़ाकर उठ बैठता हूँ। बेचैनी महसूस होती है। चारों तरफ अँधेरा है। कुछ दिखाई नहीं देता। हिम्मत करता हूँ। बिस्तर से उठकर अंदाजन स्विज बोर्ड से लाइट ऑन करता हूँ। रात के चार बज रहे होते हैं। पानी पीता हूँ, अपने इष्टदेव को याद कर क्षमाप्रार्थी होता हूँ। पुनः सोने का प्रयास... मगर आँखों में नींद कहाँ।

आज फिर जीने की तमन्ना है, आज फिर मरने का इरादा है।

''क्या बात है! आज बड़े सुर में गा रही हो।''

''क्यों, गा नहीं सकती? तुमने मेरे हुनर को कभी पहचाना ही कहाँ। मौका मिला होता तो आज बॉलीवुड की शान होती; और जो तुम इधर-उधर मुँह मारा करते हो लोगों के पास, कि मेरी कहानी ले लो, मेरे गीत ले लो; तब मेरे आगे-पीछे घूमते। तुम्हें क्या मालूम; फिल्म

इंडस्ट्री एक होनहार कलाकार से महरूम रह गयी।''

"बस-बस, बहुत हो गया; रहने दो, नहीं तो एसीडिटी हो जायेगी।''

"हाँ-हाँ, तुम्हें क्यों अच्छा लगेगा। तुम्हारे जैसे मर्द ही औरतों को प्यार के सम्मोहन में बाँधकर, बेवकूफ़ बनाकर, घर की चार दिवारी में बिना जोर-जबरदस्ती किये रहने को विवश कर देते हैं। वो बेचारी जीवन भर पति और परिवार के मोह-पाश में बँधी, जिम्मेदारियों का बोझ ढ़ोती रहती है, और पुरुष, अधिकार के नाम पर अपनी मनमानी करता रहता है।''

"ये क्या कह रही हो? तुम इतना सीरियस क्यों हो गयी? मैं तो बस तुम्हें गाते सुन छेड़ने लगा था। अच्छा ये बताओ, कभी मैंने तुम्हें किसी काम के लिए रोका? नहीं न!''

"लेकिन कभी कहा भी तो नहीं तुमने।''

"मेरा ये मतलब नहीं है; तुम समझती क्यों नहीं।''

"इसी मतलब में तो सब कुछ छुपा है पतिदेव महोदय।'' पत्नी ने व्यंग्य किया।

'आ...छी' छींकते हुए मैंने कहा, "चलो छोड़ो इन बातों को; बातें हैं बातों का क्या... सर्दी बहुत है, एक कप चाय दे दो।''

"कितनी बार कहा तुमसे, कि सँभल के रहा करो; पर तुम मानो तब न! हीरो बने घूमा करते हो; जानते हो, तुम्हारा शरीर कमजोर है, फिर भी... लग गयी न सर्दी; चलो छत पर धूप में बैठो, अभी लाती हूँ।

छत का आलम ये था, कि धूप कम, बदली ज्यादा। कभी-कभी सूर्य देव हँस देते। छींक थी, कि बार-बार आ रही थी। सर्दी से नाक सर्

–सर्र करने लगी। तभी पत्नी चाय लेकर आई; साथ में डॉक्टर द्वारा बतायी गयी दवाइयाँ।

''ये लो, चाय के साथ खा लो।''

''तुम भी बस... परेशान हो जाती हो; छींक ही तो है।''

''हाँ जानती हूँ, पर तुम भूल गए हो; डॉक्टर ने क्या कहा था ट्रांसप्लांट के वक्त, जब मेरी किडनी निकालकर तुम्हें लगाई थी। सबसे ज्यादा सर्दी-जुकाम, इन्फेक्शन से सावधान रहना है, क्योंकि ये शरीर की प्रतिरोधक क्षमता कम कर देते हैं, जिससे आदमी कमजोर हो जाता है, और किडनी प्रभावित होती है, कारण, कि इसमें एंटीबायटिक ज्यादा नहीं दिया जा सकता।''

''मत परेशान हो, कुछ नहीं होगा; मामूली सर्दी है, ठीक हो जायेगी।''

पर दो दिन बीत गए, तीन दिन बीत गए; सर्दी कम होने का नाम नहीं ले रही थी, ऊपर से जुकाम-बुखार अलग। अब तो मैं भी मन ही मन घबराने लगा, पर पत्नी के सामने ऐसे शो करता कि मामूली सर्दी है। पर वो कहाँ मानने वाली थी। उसने तुरन्त सहारा हॉस्पिटल के नेफ्रोलॉजिस्ट, डॉ. मुजुबुल अहमद से दिखाना बेहतर समझा, क्योंकि पीजीआई और अन्य जगहों पर दिखाना एक युद्ध करना है। इस समय हमें युद्ध नहीं, शांति की जरूरत थी।

डॉ.ने पहले की सारी रिपोर्ट्स देखीं; कुछ नई जाँचें करवाईं। सभी चेकअप करने और रिपोर्ट्स को देखने के बाद कहा, ''क्रिटनिन 2.6 हो गया है, जबकि 1.4 होना चाहिए, और यूरिन में इन्फेक्शन है। मैं आराम के लिए दवा दे देता हूँ, पर आप लोग इनको, सर गंगा राम हॉस्पिटल नई दिल्ली ले जाइए, और डॉ.ए.के.भल्ला को

दिखाइये, जिन्होंने इनका ट्रांसप्लांट के समय ट्रीटमेंट किया था, क्योंकि वो इनकी सारी केस हिस्ट्री जानते हैं।''

इतना सुनना था, कि मैं और मेरी पत्नी दोनों को लगा, कि अब क्या होगा; क्योंकि हम तो ये सोचकर आये थे कि मामूली सर्दी-बुखार है, दो-एक दिन में ठीक हो जाएगा।

कहते हैं कि अच्छी बातें धीरे-धीरे चलती हैं, परन्तु बुरी बातें रास्ता भी नहीं पूछतीं। हम कुछ सोचते, इससे पहले, दूसरे दिन मेरे घर और ससुराल वाले आ पहुँचे। दिल्ली जाना जरूरी है, और ठण्ड अपने होश में नहीं... 4 डिग्री सेल्सियस। कोहरा बराबर अपनी उपस्थिति बनाए था, कि मैं भी तुम्हारे साथ हूँ। चाहकर भी मैं उसे मना नहीं कर पा रहा था। किसी तरह दो रिजर्वेशन लखनऊ मेल में मिले।

रात, दस बजे की ट्रेन। हम घर से साढ़े आठ बजे निकल लिए; मैं और मेरे श्वसुर। पत्नी ने जाते वक्त हाथ पकड़ा, तो उसका गाया गाना याद आ गया ..*आज फिर जीने की तमन्ना है, आज फिर मरने का इरादा है।* आँखें भर आईं। लग रहा था कि हम अब दुबारा नहीं मिलेंगे। जीवन की सच्चाई, सामने सुरसा की तरह मुँह खोले खड़ी थी; हम करते तो भी क्या करते; अपने आँसू खुद पीने के अलावा। रात भर की यात्रा के बाद दिल्ली आ ही गयी। खिड़की से बाहर देखा। घना कोहरा। रास्ता दिखाई नहीं दे रहा था। वैसे भी दिल्ली की ठंढक मशहूर है... मानो कह रही हो, ''आज तो मैं तेरी हड्डियों से आलिंगन करूँगी।'' हम स्टेशन पर उतरे; सामान समेटा, हृदय में आत्मबल प्रेषित किया; करना ही पड़ा, क्योंकि जब आप खुद ही नौकर और मालिक दोनों की भूमिका एक साथ करते हैं, तो ऐसे निर्णय लेने ही होते हैं। हम आगे बढ़ गये... जीवन से संघर्ष जो करना था।

डॉक्टर भल्ला से बात करने के बाद, मैंने उनके निर्देशानुसार सारे टेस्ट करवा डाले। डॉक्टर साहब शाम चार बजे देखने वाले थे, और रिपोर्ट तीन बजे मिलनी थी; ऐसे में ये निर्णय लिया गया, कि पास के होटल में चलकर फ्रेश होते हैं, और कुछ खाते-पीते हैं।

श्वसुर जी ने अपने एक परिचित को फोन मिलाया, और कहा कि घर का खाना लेते आओ; क्योंकि मैं बाहर खाना नहीं खा सकता था... वो भी इस परिस्थिति में तो बिल्कुल नहीं। वैसे अमूमन कभी-कभी खा लेता था, जबकि वर्जित है। ख़ैर... खाने का समाधान हो गया। मिनरल वाटर की कोई बात ही नहीं, हर जगह मिल जाता है। उन्होंने मानव धर्म निभाते हुए रिश्तों की लाज रख ली। हमने खाना खाने के बाद उनको सधन्यवाद विदा किया।

पेट तो भर गया था, पर मन भी भरा जा रहा था। समय कटने का नाम नहीं ले रहा था। आँखें बार-बार घड़ी को देख रही थीं, कि तीन बजे, और रिपोर्ट मिले। रिपोर्ट से ज्यादा, डॉक्टर से मिलने की बेचैनी थी; अपनी जिन्दगी से जुड़ा परिणाम जो आने वाला था। ऐसे में प्रियजन की याद बरबस आ ही जाती है। समय रोज की भाँति अपनी गति से ही चल रहा था। कहते हैं कि सुख के पल जल्दी कट जाते हैं, पर दुःख के पल काटे नहीं कटते।

हम इसी खींचा-तानी में होटल से दो बजे ही निकल पड़े, जबकि होटल से हॉस्पिटल की दूरी मात्र आधा किलोमीटर थी। सीधे रिपोर्ट वाले काउन्टर पर जाकर बैठ गए। जैसे तैसे तीन बजा। रिपोर्ट की पर्ची निकाली और काउंटर पर बैठे व्यक्ति को दे दी। उसने कोड फीड किया। खर-खर प्रिंट की आवाज के साथ धड़कनें बढ़ने लगीं। उधर व्यक्ति ने फर्र से प्रिंटर से रिपोर्ट फाड़ी, इधर लगा जैसे कि मेरा दिल फट गया। एक नजर डालने के बाद रिपोर्ट मेरी तरफ बढ़ा दिया। मैंने डर वश वो रिपोर्ट अपने श्वसुर जी को दे दी। देखने के बाद उन्होंने

बस इतना ही कहा, कि पहले से सब ज्यादा है।

मैं तो जो था, वो तो था ही, अब मेरे श्वसुर जी भी संयत न रह सके। एक पल को लगा, उन्हें चक्कर आ रहा है, पर दूसरे पल ही उन्होंने कहा ''झूठ में ही घबराते हैं हम लोग; अरे हम कोई डॉक्टर हैं क्या! चलिए डॉक्टर भल्ला से मिलते हैं; जो होगा अच्छा होगा।'' हम आगे बढ़ गए।

मैं समझ रहा था; वो मुझे नहीं खुद को समझा रहे थे। डॉ.भल्ला ने मेरा चेकअप किया, बी.पी देखी। रिपोर्ट देखने के बाद कहा, ''तू तो ठीक था; सब कुछ नार्मल चल रहा था तेरा... क्या हो गया? ऐसा कर तू एडमिट हो जा। रिसेप्शन पर चला जा; मैं फोन कर देता हूँ, फिर देखते हैं।''

श्वसुर जी ने पूछा, ''कोई परेशानी वाली बात तो नहीं है?''

''कुछ नहीं है, चंगा हो जाएगा... और कोई बात होगी भी, तो तू क्या कर लेगा; जा अपना काम कर, रब सब ठीक कर देगा।''

अब तो मैंने मान लिया कि बीमारी गंभीर हो गयी है। हम जो समझ रहे थे कि, दवाइयाँ देकर डॉक्टर साहब विदा कर देंगे, वो सपना टूट गया। हम दो दिन की व्यवस्था कर के गए थे, पर हमें दस दिन का अल्टीमेटम मिला था; वो भी तबियत को देखते हुए। बीमारी के साथ पैसों की चिंता करते-करते हम अपने वार्ड में पहुँच गए। जैसे ही मैं वार्ड के रूम नंबर 108 में पहुँचा, तो देखा, कमरे के बेड नंबर A पर एक महिला लेटी है। वो भी किडनी की बीमारी से परेशान है, और उसका डायलसिस हो रहा है। अचानक मेरी नजर उसके तमतमाये सूजे सुर्ख लाल रंग के चेहरे पर पड़ी। मैं सहम गया। मुझे बीते दिनों देखे गए सपने की याद आने लगी, जिसमें एक महिला लेटी हुई थी; जैसे आज वो मेरे सामने थी। बिना कुछ कहे मैं अपने बेड नंबर B पर

जाकर लेट गया। तभी दो नर्सें आयीं, और उन्होंने सड़क की तरफ खुलने वाली एक बड़ी सी खिड़की से परदा हटाया। परदा हटते ही वहाँ सपने में देखी शीशे की खिड़की दिखाई दी। नर्सों ने मेरे दाहिने हाथ पर इंजेक्शन लगाने हेतु एक विगो लगा दिया, ताकि बार-बार शरीर में सुई न लगानी पड़े।

तभी बाहर बारिश शुरू हो गयी। नर्सें, शीशे की खिड़कियाँ बंद कर परदे ठीक करने लगीं। बरबस मुझे सपने के दृश्य याद आ गए। अब विश्वास होता जा रहा था कि वही सब होने जा रहा है, जो पूर्ववत सपने में देखा था।

तभी डॉक्टर विनायक भार्गव आये। उनके साथ उनके सहायक मेरी फाइल लिए हुए थे। आते ही पूछा, ''क्या परेशानी है?''

मैंने अपनी सारी बात बताई। उन्होंने रिपोर्ट देखी; कुछ दवाइयाँ लिखीं; इंजेक्शन, नर्सों को बताया और चलने लगे। मैंने भयवश पूछ ही लिया, ''सर मैं ठीक हो जाऊँगा न?''

''देखते हैं।'' बस इतना कहकर वो चले गए। हर घटना एक नया डर दे जाती थी। मैं अपने डर से डरा, सोच रहा था, कि ध्यान आया डॉक्टर विनायक का चेहरा जाना-पहचाना लगता है। दिमाग पर जोर दिया तो याद आया, सपने में मैंने जिन बाल गणेश को देखा था, उनका चेहरा और डॉक्टर विनायक का चेहरा मिलता-जुलता है। वही गोल चेहरा, तीखी लम्बी नाक, छोटा कद। मैं तो अवाक् रह गया, कि यह सत्य है या मेरा भ्रम। कहीं मेरी तबियत ज्यादा खराब होने के कारण मैं उलटा-सीधा तो नहीं सोच रहा हूँ। इस आधुनिक दुनिया में भी ऐसी घटनाएँ हो सकती हैं, मन मानने को तैयार नहीं था; पर दिमाग कहता, नहीं, वही सब है, जो देखा था तुमने सपने में। सोचा कि अपने खसुर जी से सारी घटना का जिक्र करूँ, पर फिर सोचा कि वे भी क्या सोचेंगे।

रात में हॉस्पिटल की तरफ से खाना आया; पर इच्छा न होते हुए भी मैंने जानबूझ कर खाना खाया, ताकि मैं खुद को आश्वस्त कर सकूँ कि कोई घबराने वाली बात नहीं है। इन्हीं खयालों में खोया, खुद को समझाता, सो गया। जब नींद खुली, तो सुबह के चार बज रहे थे, और नर्स मेरा ब्लड और यूरीन का सैम्पल लेने आई थी। बगल वाली महिला और मेरे श्वसुर जग चुके थे, क्योंकि उसकी बेटी दर्द से कराह रही थी। नर्सों ने दवाइयाँ दीं और सोने के लिए कहकर चली गयीं; परन्तु न वो सो सकी, न मैं।

दैनिक क्रिया से निवृत्त होने के बाद मेरे परिजन ने मुझसे पूछा ''आप कैसे हैं बाबू?''

मैंने बस सहमति में सर हिला दिया। ठीक दस बजे डॉक्टर विनायक विजिट पर आये। नर्सों ने रिपोर्ट दिखलाई। देखकर बोले, ''सब तो नॉर्मल है; बस क्रिटनिन कम नहीं हुआ है... आई थिंक, इनके ट्रांसप्लांट किडनी की बाई.एप.सी. करनी पड़ेगी।'' फिर डॉक्टर भल्ला से मोबाइल पर बात करने लगे, ''जी... 108 बेड नंबर बी, ..हाँ अजय, सब नॉर्मल है, बस क्रिटनिन कंट्रोल नहीं है, मे बी ..या.. बाई.एपसी ही करनी पड़ेगी, क्योंकि कोई और रीजन नहीं बचता... ओ.के, जी..'' और मोबाइल कट हो गया।

अपने सहायकों से बोले, ''फर्स्ट राउंड में साढ़े बारह बजे करते हैं; तैयारी करो।''

फिर मुझसे संबोधित हुए, ''अजय, हम तुम्हारी बाई.एप.सी. करेंगे।''

मुझसे कहने के बाद उन्होंने मेरे परिजन की ओर देखा, ''क्यों, ठीक है न? सब किंकर्तव्यविमूढ़, बस सुनते और देखते रहे; कुछ कहने की हिम्मत किसमें थी।

थोड़ी देर बाद एक वार्ड ब्वाय नीले रंग की ड्रेस लिए हुए आया, बोला, ''इसे पहन लो; ऑपरेशन थिएटर चलना है।''

जीवन में रंगमंच के समय बहुत थियेटर देखे, फिल्म थियेटर देखे; पर ट्रांसप्लांट के बाद इस थियेटर को दुबारा देखने की इच्छा नहीं हो रही थी; पर मरता क्या न करता। उस पर से, जो सुन रक्खा था बाई.एप.सी. के बारे में, वो और भयावह था। ऑपरेशन थियेटर में नर्सों ने मेरे सारे कपड़े उतार दिए। मेरी किडनी का पहले अल्ट्रासाउंड कर, कम्प्यूटर का मॉनीटर सेट किया। कमर में दो इंजेक्शन देने के बाद वे मुझसे मेरी पत्नी के बारे में बातें करके मुझे छेड़ने लगीं। शायद ये उनका पेशेंट को कूल करने का तरीका हो।

डॉक्टर भार्गव ने ग्लब्स पहने। मुझसे बोले, मैं एक इंजेक्शन लगाऊँगा; बताना तुम्हें पता चला कि नहीं। मैंने बस सर हिला दिया। फिर उन्होंने एक बड़ा सा इंजेक्शन मेरे पेट के दाहिनी तरफ ठोंक दिया; जैसे जानवरों को ठोकते हैं। एक लम्बा सा सूजे की तरह कोई औजार निकाला। बोले, ''अजय, अब हम तुम्हारी किडनी के कुछ छोटे टुकड़े निकालेंगे।'' उसी के साथ वो औजार मेरे पेट में घुसा दिया।

सहसा मुझे ध्यान आया, कि सपने की दो देवियों की तरह नर्सों ने मुझे पकड़ रखा है, और बाल गणेश की तरह डॉक्टर भार्गव मेरे पेट पर अपनी छोटी गदा से बार-बार मार रहे हैं। मेरी आँख की कोर गीली हो गई। आँखें बंद कर 'तुझको तेरा अर्पण' कहकर मैंने खुद को बाल गणेश, डॉक्टर भार्गव को सौंप दिया।

डॉ भल्ला को देखते ही मैं पूछ पड़ा, ''सर। बाई एप सी की रिपोर्ट में क्या है?''

''क्या करेगा तू जानकर?'' उलटे उन्होंने प्रश्न कर दिया।

''कुछ नहीं, बस बहुत घबराहट हो रही है; डर लगा रहता है सर कि..''

''बात काटते हुए डॉ. भल्ला ने कहा, ''क्यों मरा जा रहा है; सब कंट्रोल हो जाएगा... कुछ नहीं हुआ तेरे को, भला चंगा तो है; दवाइयाँ दे रहा हूँ, ठीक हो जाएगा।'' और बाकी रिपोर्ट पढ़ने लगे।

फिर भार्गव को देखते हुए बोले, ''क्रिटनिन भी कम हो रहा; हिमोग्लोबिन भी ठीक है; ऐसा कर, माय फोर्टीक बी डी की जगह टी डी एस, वाइसलोन30 एमजी दे, और यूरीन ब्लड टेस्ट के लिए भेज दे; कल देखते हैं।''

मेरी तरफ मुखातिब हो बोले, ''सुन! तू चिंता मत कर; टी.वी सी.वी देख।'' और चले गए।

तभी मेरे पिता और छोटे भाई ने कमरे में प्रवेश किया, जिन्हें मेरे श्वसुर जी लेकर आये थे। उन्हें देखकर मैं समझ गया कि डॉ. भल्ला ने अभी जो मुझसे कहा, वो मात्र तसल्ली थी; मामला कुछ और है, जो लोग मुझे नहीं बता रहे हैं। बाप और भाई के आने की खुशी, और अपनी बीमारी का दुःख, दोनों की कशमकश में कुछ बोल न सका; बस एक झूठी मुस्कराहट होठों पर आ गयी।

''चलती हूँ।'' बगल वाली महिला की माँ ने कहा। आज उसकी बेटी को डिस्चार्ज कर दिया गया था, और वो अपने पति के साथ खड़ी थी। मेरी नज़रें उससे मिलीं। वो मुझे कातर भाव से देख रही थी। एक अजीब रिश्ता बन गया था मेरा उसके साथ। मुझे पहली बार एहसास हुआ, कि एक आदमी-औरत के बीच, माँ, बहन, पत्नी, दोस्त, सुख, आकर्षण, शारीरिक रिश्तों के अलावा भी रिश्ता होता है... या यूँ कहें तो दुःख का।

मेरे परिजन साइड में पड़े बेड पर बैठे थे। उसकी माँ मेरे पास आई, उसने मेरे सर को सहलाया, फिर बोल पड़ी, ''पुत्तर, तू बिल्कुल चिंता मत कर; रब ने तुझे भी चंगा कर देना; माता रानी बड़ी दयालु हैं; जल्द ही हँसते-बोलते तैने घर जाना है।''

उनके जाते-जाते मैंने हाथ जोड़े, तो आशीर्वाद की मुद्रा में हाथ उठ गए उनके। भरी आखों ने एक दूसरे का अभिवादन महसूस किया। वे अपनी भावनाएँ व्यक्त किये जा रही थीं, मैं बस उसे सुनता जा रहा था... जय माता दी। यह देख सुनकर विश्वास नहीं हो रहा था, कि इस भागमभाग और स्वार्थ भरी दुनिया में आज भी ऐसे लोग हैं, जो अपने साथ-साथ दूसरों की भी फ़िक्र करते और सुख चाहते हैं। वो महिला कब की जा चुकी थी, पर उसकी आवाज मेरे कानों में गूँज रही थी। ''मैं रब से प्रार्थना करूँगी तेरे लिए; माता बड़ी दयालु है।'' और उसकी आशीर्वाद वाली मुद्रा आँखों में भरे पानी के बीच तैर गयी। जैसा मैंने आप को बताया था, कि मैंने सपने में देखा था, एक देवी स्वरूप महिला कहती, ''जा तेरा कल्याण होगा।

कहते हैं, दवा तो डाक्टर करता है, पर दुआ उस अंजान शक्ति से करता है, जिसे आज तक किसी ने नहीं देखा; कि मेरी दुआ की लाज रख लेना। मैं नहीं कहता, कि आज कि इस गलाकाट दुनिया में सभी ऐसे हैं; पर आज भी कुछ हैं जो नैतिक मूल्यों और अच्छे संस्कारों को महत्त्व देते हैं।

दुआओं का असर कहें या दवा का असर; आज डॉक्टर भी उत्साहित थे। सब कुछ नॉर्मल था रिपोर्ट में। डॉ भल्ला बोले, ''जा ऐश कर; घर जाना चाहता है... चल, कल तेरी छुट्टी; दवाइयाँ टाइम पर लेते रहना।''

मेरे परिजनों ने धन्यवाद कहा, तो डॉ भल्ला मन की बात बोल पड़े, ''धन्यवाद रब को कर भाई; वरना इसकी जो हालत थी, मैं भी

एक बार घबरा गया। मालूम है; जिस वजह से इसकी पहले किडनियाँ खराब हुई थीं, वही जर्म्स फिर डेवलप हो रहे थे; और इनकी खास बात ये है, कि ये बीस साल तक धीरे-धीरे किडनी को खराब करते रहते हैं; असर तब दिखता है, जब दोनों किडनियाँ काम करना बंद कर देती हैं। इसलिए मैं सबसे यही बोलता हूँ कि जिन्दगी बड़ी अनमोल है, खिलवाड़ मत कर। कोई भी कॉम्प्लीकेशन हो तो तुरंत डॉक्टर को दिखा; खुद डॉक्टर मत बन।''

आज 05 जनवरी, 2013 को मैं अपने घर पहुँचा। घर पहुँचते ही पत्नी ने ताना दिया, ''घर आने का मन नहीं कर रहा था! बोल के गए थे कि दो दिन में आ जाऊँगा और लगा दिए एक महीना। हमेशा अपने मन वाली करते हो; मेरी इस घर में कोई वैल्यू ही नहीं है।''

मैं कुछ बोलता, उससे पहले खुद ही बोल पड़ी, ''चलो अन्दर आओ; मुझे मालूम है, बहाना तैयार होगा... नहीं सुनना बहाना; थक गई हूँ सुनते-सुनते।'' और लिपट गई मुझसे।

सच कहता हूँ, इसमें मेरा कोई दोष नहीं। मन ने आँखों को गीला कर दिया, और छोड़ दिया सोचने को, कि क्या सब सपना था, या वह सच था।